아무튼
지치지 않도록

이서윤 서평집

Lee SeoYoon
Book Review Essay

클북

Herman
Hesse
Lee SeoYoon

좋은 책을 읽는다는 것은

몇 백 년 전에 살았던

가장 훌륭한 사람과 대화하는 것이다.

-르네 데카르트

프롤로그

읽기와 쓰기, 이제 시작이다

이십 대부터 자기계발서 위주로 책을 읽었다. 직장에서 무엇이든 성과를 내서 인정받고 싶었다. 『아침형 인간』을 읽고 실천하면 성공한다고 믿었다. 새벽 시간 눈을 비벼가면서 집 근처 학교 운동장을 뛰었다. 퇴근하면 컴퓨터 자격증을 따려고 학원에 다녔다. 어학원에 다니면서 영어를 공부했고, 토익시험 점수가 오르면 배움의 희열을 느꼈다. 직장에서 독서 모임을 운영하며 함께 책도 읽었다. 한때 고전을 읽고 싶었지만 몇 차례 시도와 포기를 반복했다. 고전은 곰처럼 다가가기 어려웠다.

오십 넘어 고전 읽기

고전을 읽기까지 30년이 걸렸다. 나이에 걸맞게 고상한 책을 읽으며 백조처럼 우아하게 살고 싶었다. 2019년 3월 무렵 지적 허영심의 불순한 동기로 생각학교ASK에서 운영하는 고전탐구 과정에 참여했다. 등록 후 얼마 지나지 않아 피에르 아도의 『고대 철학이란 무엇인가』를 읽었다. 책의 두께에 짓눌렸지만, 양장본의 분홍색 표지가 마음에 들었다. 첫 페이지를 펼친 순간부터 어리둥절했다. 학창 시절 세계사 공부를 못 한 게 후회스러웠다.

토론이 끝나고 참여자들과 소감을 나눴다. 나만 어렵다고 느낀 게 아니었다. 시대적 배경을 찾아가며 읽다 보니 차츰 나아졌다. 문학 고전을 읽을 때는 등장인물의 이름조차 어려워 메모하며 인물 간의 관계를 그렸다. 줄거리를 파악하기도 벅찼다. 책을 읽고 1,000자 이상 서평을 써서 제출해야만 했다. 독후감인지 감상문인지 애매한 글을 쓰며 허둥지둥했다.

고전 읽기, 나만 어려운 게 아니구나!

나는 고전을 읽기 위한 기본적 소양을 갖추지 못한 어설픈 독자였다. 독자는 자신이 살아온 삶의 궤적만큼, 살아낸 세월만큼 고전 속의 텍스트가 관통하는 주제, 신념, 의도를 읽을 수 있다. 고전을 읽으려면 역사, 철학 등 다양한 배경지식과 인문학적 관점도 필요하다. 심리 갈등, 삶의 정체성 등 관심 있게 볼 만한 지점과 마주한다. 부족한 점을 채우려고 도서관에서 자료를 찾고 도움이 될 만한 책을 읽었다. 그러나 어떻게 이런 기초를 하루아침에 채울 수 있겠는가. 부지런히 밑줄을 긋고 멋진 문장을 메모했다. 생각이나 감정을 글로 남겼다. 책을 읽고 사유의 흔적을 글로 쓰지 않으면 기억은 쉽게 사라지기 마련이다.

아는 만큼, 보이는 만큼만 읽자고 스스로를 다독였다. 이 책은 지난 5년 동안 고전을 읽고 틈틈이 생각하고 경험한 삶의 단상을 기록한 글이다. 지극히 개인적인 결과물이다. 이 책을 덮을 무렵 독자들도 고전과 친해졌으면 좋겠다.

쓰기, 탐구와 모험의 시간

고전은 무엇을 하라고 강요하지 않는다. 성과를 내라며 채근하지 않는다. 고전을 읽는다는 것은 텍스트를 따라가며 멈추고 되돌아보는 시간의 연속이다. 『인형의 집』에서는 결혼 생활을, 『아버지와 아들』에서는 시어머니 세대의 삶을, 『고리오 영감』에서는 친정엄마의 마음을, 『로빈슨 크루소』에서는 삶의 방향과 목표를, 『오뒷세이아』에서는 자기 주도적 삶을, 『위대한 유산』에서는 진정한 유산을, 『보바리 부인』에서는 욕망의 허상을 독자로 하여금 되짚어보게 한다. 세기와 시대를 건너온 그들의 위대한 정신에서 삶의 지혜를 얻는다. 미숙한 삶을 살아가는 내게 성숙으로 진입하는 과정을 선물해준다. 빈약한 영혼이 아주 느리게 채워지고 있다.

등장인물의 삶을 통해 인간의 정신이 어떻게 움직이는지, 그러므로 나는 어떤 삶을 살아야 할지를 생각한다. 인물의 성격과 심리, 욕구와 욕망, 인물 간의 갈등에서 나를 마주 대한다. 살다 보면 답답한 상황을 자주 만난다. 그럴 때마다 고전을 읽으며 삶의 정수를 배운다. 문학작품은 삶의 방향과 목적을 세워주는 이정표다. 책 속을 거닐면서 삶의 충만함과 자유로움을 조금씩 얻어간다.

은퇴, 새로운 시작

꿈과 목표가 생겼다. 은퇴 이후 읽고 쓰는 삶을 사는 것이다. 그동안 남이 쓴 글을 읽었다. 이제 내 글을 쓰고 싶다. 경험과 생각, 사유의 결과를 남기고 싶다. 이 책은 그 여정의 첫 결과물이다. 부족한 게 많아 부끄럽지만 첫 발걸음이다. 작은 용기가 불꽃으로 번져 나 자신과 세상을 빛나게 할 수 있다면, 남은 직장 생활 기간 동안 읽고 쓰는 두 마리 토끼를 잡고 순항하는 삶을 살고자 한다.

읽고 쓰는 일에 빠져있는 나를 지지해주는 든든한 남편, 내 글의 첫 독자로서 응원을 아끼지 않은 두 딸에게 고마움을 전한다. 지난 5년간 함께 했던 고전탐구 클래스 연구원, 사적인 독서 모임 회원, 이 책이 나오기까지 여러모로 배려해 주신 생각학교ASK 조신영 대표님과 한주은 교장선생님께 깊은 감사를 드린다.

차례

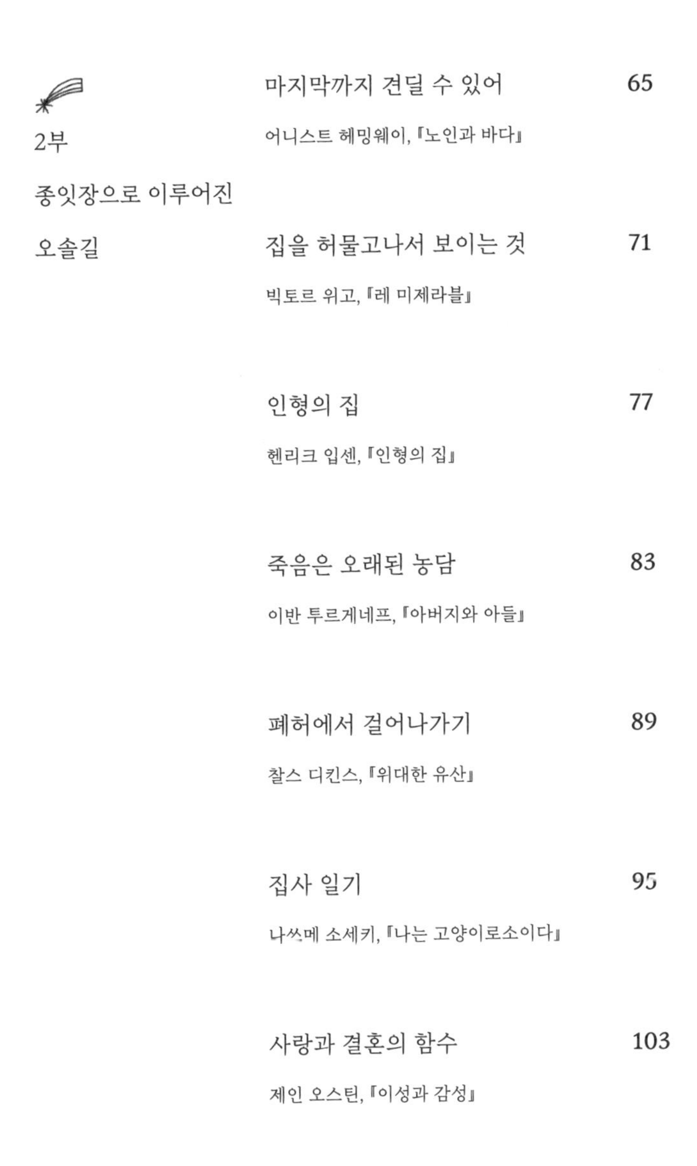

2부

종잇장으로 이루어진

오솔길

3부

미래를 향해,

과거를 향해

4부
노력하는 한 방황한다

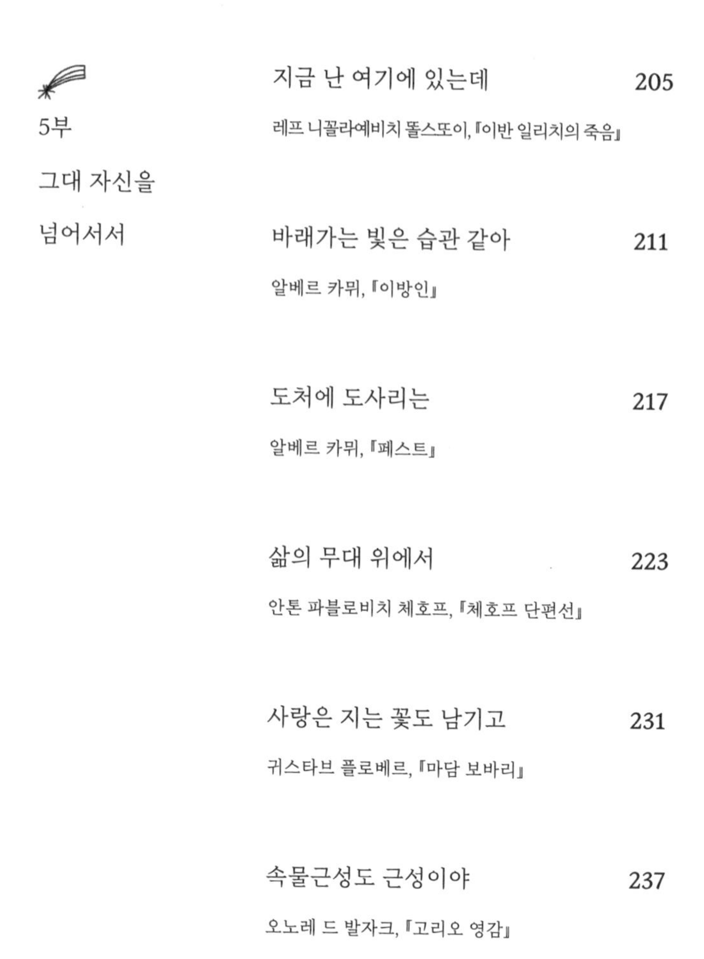

5부

그대 자신을

넘어서서

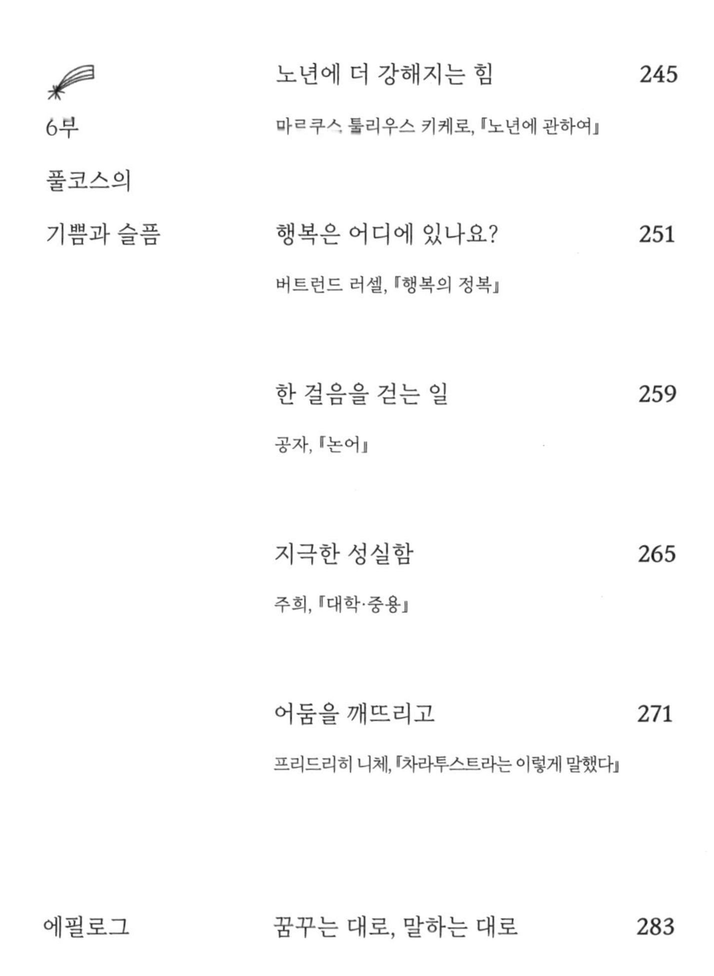

“

아무튼 지치지 않도록 해야 하네.
그러지 않으면 수레바퀴 아래 깔리게
될지도 모르니까.

-Herman Hesse, 『수레바퀴 아래서』

”

희망이라는 것은
원래 있다고도 할 수 없고
없다고도 할 수 없다.
그것은 마치 지상 위에 놓인
길과도 같은 것이다.
원래 지상에는 길이 없었다.
지나다니는 사람들이 많아지면
그것이 곧 길이 되는 것이다.
-루쉰

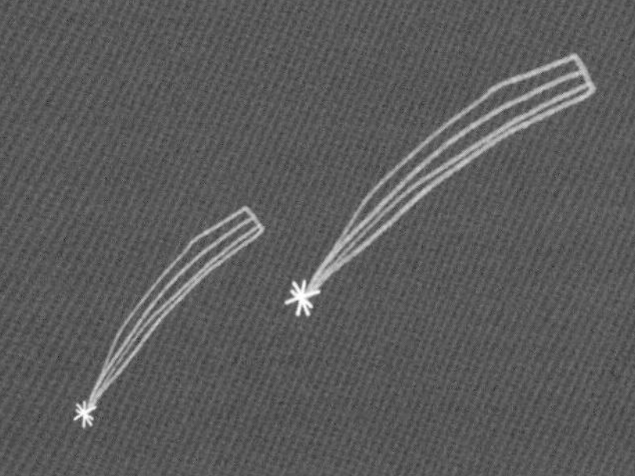

달빛 세계로 가는 마라톤

1부

헨리 데이비드 소로, 『월든』
홍지수 옮김
펭귄 클래식 코리아

달빛 세계로, 글쓰기 텃밭

이른 아침에 초인종이 울렸다. 아래층 부부였다. 쿵쾅거리는 소리 때문에 잠을 잘 수가 없다고 했다. 대학생과 고등학생 두 아이에게 걸을 때 조심하라고 말했다. 그날 이후 아래층 부부는 인터폰과 경비실, 관리사무소 직원을 통해 불쑥불쑥 소음 문제를 제기했다. 퇴근 후 집에 오면 마음이 편치 않았다.

남편은 아래층 부부를 찾아가 층간 소음의 원인은 우리 집이 아니라고 거듭 설명했지만, 소용없었다. 몇 달 동안 참고 살았지만 아래층 부부의 행동은 달라지지 않았다. 결국 집을 팔고 이사했다. 그 시절 부동산 가격이 급등해 집을 살 수 없어 전셋집을 구했다. 주위에 가까운 지인들은 이 시기에 부동산 투자로 돈을 벌었다는 말을 들었다. 스트레스를 받는 것보다 책을 읽는 것이 훨씬 낫겠다는 생각에 『월든』을 펼쳐들었다.

월든Walden은 미국 매사추세츠 주의 콩코드 마을 근처에 있는 호수 이름이다. 작가 헨리 데이비드 소로는 월든 호수의 숲속에서 2년 동안 오두막을 짓고 살며 사색의 결실을 기록으로 남겼다. 월든은 생명체가 태어나고 삶과 자연이 공존하는 공간이다. 그곳에서 소로는 돈과 명예를 좇는 세속적 삶과 거리를 두며 자연과 더불어 삶의 진정한 가치를 추구한다.

대부분 사람은 과연 집이 무엇인지에 대해 심사숙고해 본 적이 없는 듯싶다. 사람들은 남들처럼 집을 장만해야 한다는 생각 때문에 쓸데없이 평생을 빈곤하게 산다. (중략) 모두 지금보다 훨씬 편리하고 고급스러운 주택을 지을 수 있지만 그런 집을 살 능력이 있는 사람이 없으므로 짓지 않는다고 말한다. 우리는 왜 이렇게 늘 더 많이 소유하려고 하는가? 때때로 덜 소유하고도 자족할 수 있지 않은가? p.43

책이라는 거울에 나를 비춰보았다. 왜 나는 더 많이 소유하려고 하는가? 삶의 의미는 무엇인가? 어떤 삶이 충만한가? 이런 질문을 스스로에게 던지며 고민했다. 소로의 힘 있는 문장들 덕분에 자족하는 마음이 생겼다. 그렇게 4년 정도를 소탈하게 보냈다. 은퇴하고 어떻게 시간을 보낼지 인생 스케치를 할 시간적 여유도 없었다.

남편은 텃밭을 가꾼다. 텃밭에 필요한 자재, 씨앗, 유기농 거름이 속속들이 현관문 앞에 도착한다. 아직은 초보 농사꾼이다. 지난 여름 야심차게 심어놓은 호박, 오이, 토마토, 고추는 지난 불볕더위, 태풍, 폭우로 폭삭 망했다. 사실 농사를 짓는 것보다 사 먹는 게 싸다. 그래도 남편은 거친 텃밭 농사가 싫지 않다고 말한다. 자연 속에서 생명들과 함께 한 시간과 노력, 땀을 어디에 비교할 수 있으랴. 월든의 소로처럼 남편은 텃밭에서 즐거움을 찾는다. 가을에 심은 무와 배추 농사는 대성공이었다. 튼실하고 속이 알찬 무와 배추를 이웃과 나누며 삶의 풍요로움을 맛보았다.

하루하루를 충만하게 사는 행위, 그것이 최고의 예술이다. 누구든 그의 정신이 가장 고양되고 명징한 시간, 자기 삶의 아주 세세한 부분까지도 관조할 가치가 있도록 만들어야 한다. 우리가 얻는 무의미한 정보를 거부하면, 아니 모두 소진해 버리면 관조할 만한 가치가 있는 삶을 살기 위해 어떻게 해야 하는지 신탁이 알려주리라. p.104

가끔 자신을 가혹하게 다루고, 타인과의 관계 속에서 무너지거나 흐트러질 때가 있다. 그럴 때 고전을 읽으면서 위대한 정신과 마주한다. 빛나는 영혼과의 접촉을 통해 무너진 생각을 다시 일으키고 삶을 정돈한다. 글을 쓰다 보면 어지럽고 시끌벅적한 정신도 어느새 맑아진다.

자신이 품은 꿈을 향해 당당하게 나아가고 자기가 꿈꾼 삶을 살려고 노력하는 사람은 자기도 모르는 사이에 꿈을 이루게 된다. 꿈을 추구하자면 포기해야 할 것도 있고, 눈에 보이지 않은 한계도 극복해야 하리라. 꿈을 추구하면 새롭고 보편적이고 보다 진보적인 법칙이 자신의 주위와 내면에 형성되기 시작한다. p.361

촘촘하게 심어진 배추밭을 보면서 글쓰기와 연결해본다. 남편의 노고는 누군가의 입맛을 즐겁게 해준다. 내가 쓴 글도 누군가에게 기쁨이 되었으면 좋겠다. 은퇴 이후 남편은 텃밭에서, 나는 글밭에서 온전한 삶을 살고자 한다. 남편이 은퇴 전에 자신의 텃밭을 만들어 자연을 즐기듯이, 나도 독서와 글쓰기로 은퇴를 준비한다. 맛깔스러운 텍스트를 생산하고 싶다. 소소해도 하고 싶은 일에서 결실을 얻는다면 그것이 행복한 삶이 아닐까?

보다 고차원적인 원칙을 고수하는 삶이기 때문이다. 즐겁게 아침과 밤을 맞이하고, 삶이 꽃이나 풀처럼 달콤한 향기를 뿜어내 탄탄해지고, 또한 별빛처럼 찬란하고 영원히 지속될 것처럼 느껴진다면 그것이 바로 성공이다. p.242

주말 아침 해운대 바다가 내려다보이는 숲속 산책길을 걷을 때가 특히 좋다. 산책하며 글감을 생각하고, 오래전에 써놓았던 글을 어떻게 고칠지 고민한다. 생각이 깊어질수록 의식의 확장도 일어난다. 과거와 현재 그리고 미래를 넘나들며 쓰기를 통해 나다움을 찾을 수 있다. 글을 쓰는 이유는 깨어있는 삶을 살기 위해서다. 무엇을 위해 살아야 하는가? 진정성이 담긴 삶이란 무엇인가? 이런 질문을 던지며 글을 쓴다.

정신적 빈곤이 하품처럼 쏟아질 때 『월든』을 펼쳐 힘을 얻는다. 책 속에서 다양한 사상가와 철학자의 삶을 따라갈 수 있어 좋다. 책을 읽다가 눈에 번쩍 띄는 주옥같은 문장을 만나면 정신이 번쩍 든다. 삶의 진실은 먼 곳이 아니라 바로 지금 여기에 있다.

나는 많은 시간을 홀로 보내는 것이 바람직하다고 생각한다. 다른 사람과 함께하면 아무리 더불어 있기에 좋은 사람이라 해도 이내 지루해지고 싫증이 난다. 나는 홀로 있는 것을 즐긴다. 고독만큼 마음이 잘 통하는 벗을 만난 적이 없다. 우리는 보통 집 안에 있을 때 보다 밖에서 사람들에게 둘러싸여 있을 때 더 외로움을 느낀다.

p.152

은퇴 후 삶에 대한 보랏빛 꿈에 부풀어 있던 어느 날, 또 한 차례의 위기가 찾아왔다. 전세 계약 만기일이 다가올 즈음이었다. 집주인은 집을 팔아야 할지 전세를 연장해 줄 것인가를 고민했다. 집주인의 결정에 따라 이사할 준비를 해야 했다. 며칠 뒤에 집주인은 급히 쓸 돈이 있다며 내게 1,900만 원을 빌려달라고 했다. 오죽했으면 세입자에게 돈을 빌려달라고 하겠나 싶어 입금해 주었다. 집주인은 2~3일 안에 갚겠다는 약속을 몇 차례 어겼다.

주위 사람의 반응이 나를 더 괴롭혔다. 왜 차용증을 쓰지도 않고 빌려주었는지, 그 돈을 받을 수 있을지, 이러쿵저러쿵 한마디씩 했다. 며칠 뒤에 집주인의 부인이 부동산에 집을 내놓았다. 등기부 등본을 떼어보니 아파트를 담보로 많은 돈을 은행에서 빌린 상태였다. 이 집에서 계속 살면 보증금을 날릴지도 모르겠다는 위기감이 들었다. 전세 만기일에 이사 할테니 보증금을 반환해 달라는 내용증명을 보냈다.

며칠 뒤 채권자 중의 한 명이 내가 사는 집의 경매를 신청했다. 집이 경매로 넘어가면 세입자의 권리 행사를 해야 하고, 집주인에게 빌려준 1,900만 원은 별도로 채권 행사를 해야 할 상황이었다. 내가 할 수 있는 다른 선택은 이 집을 사는 것이었다. 매매가격과 보증금을 비교하면 돈이 턱없이 부족해 집을 담보로 대출을 받아야만 했다. 대출 기간은 39년이다. 죽을 때까지 갚아도 다 못 갚는다. 이자도 부담스럽기만 하다. 퇴직까지 나는 5년 남았지만, 남편은 2년 후면 정년이다.

결국 우리는 은행에서 대출을 받아 집을 샀다. 명예퇴직이라는 남편과 내 꿈은 물거품이 되어버렸다. 우리는 퇴직하고도 한참 빚을 갚아야 한다. 명의 이전된 등기부 등본을 받았다. 집 한 채를 가졌다는 뿌듯함은 잠시였다. 다음 장을 넘겨보니 은행에서 빌린 돈보다 10% 올린 채권최고액을 보면서 한숨만 나왔다.

그동안 움츠렸던 마음과 정신을 활짝 펼치려고 『월든』 책을 다시 꺼낸다. 땅거미가 내리는 호박색 하늘처럼 호수의 잔잔한 평온이 내 마음에도 고요히 스며든다. 월든의 호수를 가슴에 품고 집 근처의 바다 내음을 맡으면서 걸어봐야겠다.

마르쿠스 아우렐리우스, 『명상록』
천병희 옮김
숲

균형 잡혔거나, 평온한

승진자 명단에 내 이름이 없었다. 그날부터 정신이 말똥말똥해 밤에 잠들지 못했다. 신경이 바늘 끝처럼 예민해졌다. 눈이 벌겋게 충혈 되었다. 상한 영혼과 비참한 기분에 빠져 나락으로 떨어졌다. 지난 시간이 주마등처럼 스쳤다. 어두운 방에 시커멓게 타들어 가는 불안이 넘실넘실 춤췄다. 우울한 기분을 쫓아내려고 창문을 열었다. 이따금 회오리로 후려치는 듯한 바람 소리는 창문을 뒤흔든다. 암흑 같은 하늘에 펼쳐진 수많은 별과 멀리 내다보이는 서울 밤바다의 파도는 마음을 요동치게 한다. 새벽에 도로를 질주하는 오토바이의 굉음은 가슴을 더 쿵쾅거리게 한다. 다시 창문을 닫았다. 물을 잔뜩 머금은 진흙 덩어리 같은 무언가가 머리를 짓눌렀다. 밤

새 뒤척이다 새벽에야 겨우 잠에 들었다. 어떤 싸움이든 승자와 패자가 있기 마련이지만 후배가 먼저 승진했다는 굴욕감이 나를 짓눌렀다. 당장 사표라도 내고 싶다. 우울한 감정을 누르고 출근을 반복했다.

'승진, 좀 늦으면 어때?'

애써 마음을 달래보지만, 게시판의 승진 예고 공지를 보면 생각이 달라진다. 차곡차곡 다스려 쌓아 두었던 마음은 순식간에 산산조각 난다. 나는 왜 승진하지 못할까? 온갖 감정에 휘둘린다. 나의 무능함을 인정하는 순간 자존감은 갈기갈기 찢어진다. 다음에 승진할 수 있을지 또 불안하다. 시간이 갈수록 초조의 층위는 두터워진다. 주위의 시선에 신경이 쭈뼛쭈뼛 선다. 잠을 이룰 수가 없다. 침대에 기대어 마르쿠스 아우렐리우스의 『명상록』 한 구절을 읽는다. 마르쿠스 아우렐리우스는 로마제국 16대 황제다. 그는 금욕과 절제를 중시한 스토아 철학자였다. 고뇌에 찬 한 인간으로서의 자기성찰을 『명상록』에 담았다.

왜 밖에서 일어나는 일에 이리저리 끌려 다니는가? 그럴 시간에 너 자신을 위하여 좋은 것을 더 배우고 우왕좌왕하기를 멈추어라. 그렇게 한다 해도 또 다른 실수도 유념해야 한다. 활동하느라 삶에 지쳐 모든 충동과 생각 일반이 향할 수 있는 목표조차 없는 자들도 빈둥대기는 마찬가지이기 때문이다. p.32

나는 어떤 상황이든 흔들리지 않고 평정을 유지하며 잘 사는가? 그렇지 않다. 마음의 동요를 바로잡지 못하고 매 순간 흔들린다. 미래의 불안과 두려움을 느낀다. 은퇴 이후 건강 악화로 불운한 삶을 살지 않을까? 아이는 졸업 이후 직장을 구하고 안정적으로 잘 살 수 있을까? 아직 일어나지도 않은 일을 미리 앞당겨 걱정한다.

남의 시선과 비판에 신경이 쓰인다. 몸이 찌뿌둥하고 하루 쉬고 싶어도 꾸역꾸역 직장으로 나간다. 다른 사람에게 피해를 준다고 생각하면 쉴 수가 없다. 다른 부서와의 협업 과정에서 충돌과 갈등도 있다. 일은 처리해야 하는데 각자마다 의견이 다르기 때문에 절충하는 게 쉽지 않다. 혼자서 하는 일이라면 양보하면 되지만, 팀 단위로 일을 하기 때문에 나의 선택과 판단이 다른 누군가에게 피해를 줄 수 있다. 공무원으로 일을 하면서 주민의 다양한 의견도 들어야 한다. 민원인은 원하는 것을 해결해 주지 않으면 윗사람에게 면담을 요청한다. 한쪽의 의견을 들어주면 또 다른 누군가는 그로 인해 피해를 본다. 근무 경력이 늘수록 책임감과 무게감은 무거워진다. 삶 자체가 전쟁터 같다.

하루하루를 마지막 날인 것처럼 살아가되 흥분하지도 나태하지도 위선자가 되지도 않는다면, 그것이 바로 인격을 완성하는 것이다. p.119

누군가의 말이나 행동에 민감하지 않으려고 무던히 애쓴다. 인간의 본성은 쉽게 변하지 않지만 상대에게 불평하기보다 지금 하는 일에 더 집중하고자 노력할 뿐이다.

“

소소해도 하고 싶은 일에서
결실을 얻는다면
그것이 행복한 삶이 아닐까?

”

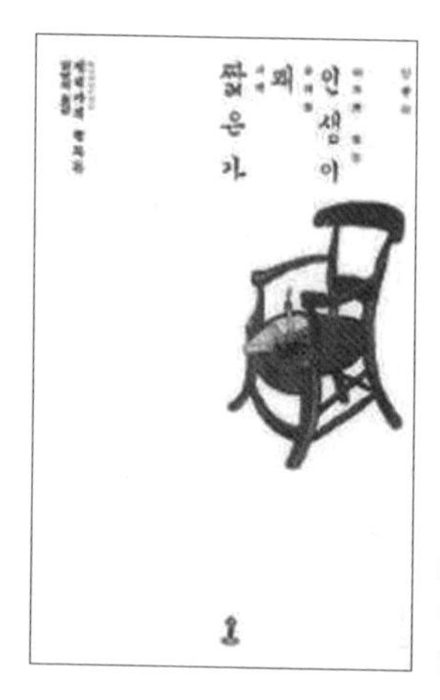

루키우스 안나이우스 세네카, 『인생이 왜 짧은가』
천병희 옮김
숲

두 번 찍히지 않는 발자국

나이를 먹을수록 세월이 빠르게 지나간다. 반복된 일상이지만, 단 하루도 똑같은 날은 없다. 뜻밖의 사건이 일어나면 힘들어진다. 걱정과 불안이 밀려온다. 하지만 짧은 인생을 걱정과 불안으로 보내기에는 아깝다는 생각에 마음을 다잡아본다.

가끔 친구를 만나 저녁을 먹고, 커피를 마시고 수다를 떤다. 다음 만남을 기약하며 헤어진다. 집으로 터벅터벅 걸으면서 이렇게 무의미하게 시간을 흘려보내도 되나? 하는 아쉬운 마음을 추스른다. 알찬 하루를 보내고 싶어 미술 학원, 필라테스 등 여기저기 기웃거린다. 하지만 책을 읽고부터는 퇴근 후 또는 주말에 불필요한 일을 될 수 있으면 만들지 않는다. 개인적 발전에 도움이 되는 일에 온전히 투자한다. 사는 동안 후회할 시간을 줄이고 싶다.

「인생의 짧음에 관하여」

『인생이 왜 짧은가』는 루키우스 안나이우스 세네카의 걸작으로 꼽힌다. 세네카는 로마 시대 민중의 사랑을 받았던 철학자, 정치가, 시인이다. 연설가로 젊은이들로부터 존경을 받았다. 그는 스토아학파의 주요 철학자로 삶의 여러 문제와 고통의 해결책을 제시했다. 세네카의 책은 시대를 초월해 지금 이 시대를 살아가는 우리에게도 인생, 평정, 섭리, 행복의 의미를 찾아준다.

인생의 길이는 햇수가 아니라 얼마나 유용한 시간을 보냈는지가 중요하다고 세네카는 말한다. 짧은 인생을 길게 만들 수 있다며 우리를 설득한다.

수명이 짧은 것이 아니라, 많은 시간을 낭비하고 있는 것이오. 인생은 충분히 길며, 잘 쓰기만 한다면 우리의 수명은 가장 큰 일을 해내기에도 넉넉하지요. 하지만 인생이 방탕과 무관심 속에서 흘러가 버리면 좋지 못한 일에 인생을 다 소모하고 나면, 그때는 마침내 죽음이라는 마지막 강요에 못 이겨 인생이 가는 줄도 모르게 지나가 버렸음을 뒤늦게 깨닫게 되는 것이오. p.8

중년이 내게도 성큼 다가왔다. 이십 대였을 때 친정엄마는 오십 대였다. 엄마가 살아낸 삶의 무게는 유난히도 무거웠다. 젊었던 엄마의 청춘은 덧없이 사라지고 이제 여든다섯의 고개를 훌쩍 넘겼다. 나도 오십의 문턱을 폴짝 뛰어넘어 엄마의 길을 가고 있다. 엄마는 허무하게 늙어가는 삶에 대해 후회와 회한을 늘어놓는다. 이제 어떻게 죽을지가 엄마의 유일한 관심이고 걱정이다. 억척스럽게 고생한 엄마의 인생에는 이제 병病만 고스란히 남았다.

폴란드 시인 비스와바 심보르스카의 시詩 한 구절이다.

'두 번은 없다. / 지금도 그렇고 앞으로도 그럴 것이다. / 그러므로 우리는 아무런 연습 없이 태어나서 / 아무런 훈련 없이 죽는다.'

그렇다. 인생에서는 연습하고 훈련할 시간이 부족하다. 삶을 되돌아봤을 때 후회 없는 인생을 살았다고 말할 수 있다면 얼마나 좋을까?

「마음의 평정에 관하여」

주위에 보면 설렁설렁 일하면서 빛나는 성과를 내는 사람이 있다. '나는 왜 그런 삶을 살지 못할까?' 실망과 좌절의 늪에 빠진다. 비교할수록 자존감이 흔들리고 허물어진다. 자신의 삶에 만족하려면 마음의 평정이 필요하다고 세네카는 말한다. 그는 이렇게 덧붙인다. '어떤 조건에서도 공동체에 봉사하고, 어디서나 불행과 죽음

을 각오하면 평정을 얻을 수 있다.'

자네에게 필요한 것은 이미 지나온 과격한 조치들이 아닐세, 자네는 이제 때로는 자신에게 대항하고, 때로는 자신에게 화를 내고, 때로는 자신을 윽박지를 필요가 없네, 자네에게 무엇보다도 필요한 것은 자신감을 갖는 일일세, 길을 잃고 이리저리 헤매는 자들과 바로 길가에서 헤매고 있는 자들의 수많은 발자국에 오도되지 않고 바른길을 가고 있다는 믿음을 갖는 일일세. p.73

나이를 먹은 덕분일까? 이제는 남과의 비교에서 어느 정도 거리감을 조절할 수 있다. 비교보다 차이를 인정하고 존중한다. 무엇보다 나 자신과 적당히 타협도 할 줄 안다. 최선을 다하고 결과가 좋지 않아도 더 이상 상처받지 않는다. 삶의 여유를 가지고 나만의 인생 오솔길을 꾸준히 걸어갈 것을 다짐한다. 자연스레 삶의 근육과 힘줄도 조금씩 튼튼해진다. 자신을 압박하지 않고 집착에서 멀어진다. 그런 나를 칭찬하거나 격려할 줄도 안다.

「섭리에 관하여」

섭리가 있다면 왜 선한 자에게 불행이 자주 닥치는가? 세네카는 말한다. '세계는 잘 다스려지고 있는 만큼 고통은 더 좋은 목적에 이바지할 것이 틀림없으며, 무엇보다도 고통과 시련을 통해 인간은 더 강해진다.'라고.

타고난 운명을 탓하며 살지 않기로 했다. 왜 부모의 지원을 받지 못하는지, 머리가 왜 똑똑하지 못한지, 능력의 한계를 탓하는 건 이제 의미가 없다. 불평과 불만보다 주어진 시간과 공간 속에서 해야 할 일을 하며 산다. '행복하다.' 또는 '불행하다'라고 생각한 적은 없다. 책을 읽으면서 도덕, 책임, 본질, 행복 등 관념을 헤아린다.

내가 포기하지 않고 붙잡으며 살아야 할 신념이 무엇인가? 인생의 장면에서 마주한 본성과 본질을 찾으면서 뚜렷한 정체성을 갖고 싶다. 작지만 소탈한 결실에 만족하며 다음 일로 넘어간다. 행복과 불행은 한 끗 차이다. 모든 일은 마음먹기에 달렸다.

「행복에 관하여」

세네카는 무엇이 행복인지, 어떻게 그것을 구하는지를 알려준다. 그는 강조한다. '쾌락의 지배를 받으면 고통의 지배도 받는다. 행복은 미덕을 추구하며 자연에 맞서 사는 데 있다.'라고.

올바른 판단을 하는 사람은 행복하지요. 현재 상황이 어떠하든 거기에 만족하고 자신의 처지에 친숙해지는 사람은 행복하지요. 그러니까 이성이 인생관 전체를 규정해 주는 사람은 행복하다는 것이지요. p.177

퇴근 후에는 몸과 마음이 지쳐 아무것도 하기 싫을 때가 있다. 침대에 누워 휴대전화를 꺼내 이것저것 읽다 보면 두 시간이 훌쩍 가버린다. 그러다 보면 잠잘 시간을 놓친다. 몸은 피곤한데 정신은 말똥말똥하다. 다시 휴대전화를 꺼내 카카오톡, 페이스북, 인스타그램을 서핑 한다. 어설픈 수면 때문에 다음 날 직장에 출근하면 집중력이 떨어진다. 그래서 요즘엔 퇴근하면 가급적 휴대전화를 멀리 둔다. 타인의 일상을 엿보는 일보다 내 삶에 연민과 애정, 관심을 쏟는 게 행복하다.

미덕이 앞장서게 하시오. 모든 발걸음이 안전할 것이오. 그리고 과도한 쾌락은 해로우나, 미덕은 과도하지 않을까 두려워할 필요가 없어요. 미덕에는 절제가 들어있기 때문이지요. p.193

"

삶을 되돌아봤을 때
후회 없는 인생을 살았다고
말할 수 있다면
얼마나 좋을까?

"

루키우스 안나이우스 세네카, 『화에 대하여』
김경숙 옮김
사이

'화'의 철학

살면서 화를 많이 낸 대상은 가족이다. 특히 남편과 뜻이 맞지 않으면 화를 내고 소리를 지른다. 두 아이는 어릴 적에 내가 화를 내면 눈물을 뚝뚝 흘리곤 했다. 이제 다 자란 두 아이는 내가 화를 내면 능청스럽게 내게 '무슨 일이 있었냐'고 묻는 여유를 부린다.

세네카는 '화란 무엇인가, 왜 화를 내는가, 인생에 화가 왜 필요한가, 화는 인간의 본성인가, 화를 낼 때 우리의 모습은 어떤가, 화가 미치는 영향은 어느 정도인가, 화를 다스리는 방법은 무엇인가' 등에 대해 철학적 사유를 정리했다.

스토아 철학은 마음, 행복, 돈, 죽음, 인생에 이르기까지 현실적이고 일상적인 문제를 파고들며 질문을 던지고 본질을 탐구했다.

세네카는 키케로와 더불어 로마를 대표하는 철학자로 평가받았다.

오직 우리가 화가 날 때만 유용한 것은 아니다. 그의 철학은 삶이 우리에게 어떤 것을 던져주더라도 우리가 평정심을 유지하고 중심을 잃어버리지 않은 방법을 제시해 준다. 좌절과 화는 세상이 우리에게 던져주는 실망에 대한 비합리적 반응이다. 오직 합리적인 전략은 혹시 일이 잘못되어 가더라도 평정심을 잃지 않는 것이다. p.26

세네카가 '화'에 대해 책을 쓴 이유가 궁금했다. 로마 정치에 입문한 세네카는 칼리굴라, 클라우디우스, 네로, 세 명의 폭군을 만난다. 세네카는 그들을 보좌하면서 힘든 시절을 겪었다. 칼리굴라는 세네카에게 사약을 내리지만, 신하들 덕분에 목숨을 유지한다. 클라우디우스는 세네카가 간통했다는 누명을 씌워 섬으로 유배 보낸다. 유배지에서 돌아온 세네카는 어린 네로의 가정교사가 되지만, 네로는 훗날 황제가 되어 스승인 세네카에게 반역 혐의를 선고하며 자결을 명령한다. 세네카는 공포와 광기가 소용돌이치는 시대 상황 속에서 살았다. 그 시절 폭군들의 생활을 지켜보면서 '화의 철학'을 정립했다.

직장에서 일하다보면 화가 날 때가 있다. 조금만 신경을 쓰면 매끄럽게 넘어갈 일도 실무자의 실수로 윗사람으로부터 질책 받을 때가 있다. 그럴 때 난감하다. 담당자에게 불쾌한 감정을 전하고 싶지 않다. 조용히 불러 상황을 말하고 다음에 이런 실수가 없으면 좋겠다고 말한다. 반응은 사람에 따라 다르다. 다음부터는 그런 실수를 하지 않는 사람과 지속적으로 동일한 실수를 반복하는 사람도 있다.

화에 대한 최고의 치유책은 유예다. 잠시 기다리는 동안 처음에 끓어오르던 기세는 누그러지고 마음을 뒤덮었던 어둠은 걷히거나 최소한 더 짙어지지 않게 된다. 하루 아니, 한 시간도 안 되어 너를 앞뒤 가리지 않고 뛰어들게 만든 것들이 어느 정도 진정될 것이고 어떤 것들은 완전히 사라질 것이다. 설사 화를 유예시킴으로써 네가 얻는 것이 아무것도 없을지라도 적어도 그것은 이제 화의 모양새가 아니라 심판의 형태를 취할 수 있게 된다. 네가 어떤 일의 성격을 알고자 할 때는 언제나 그 일에 시간을 주어라. 일렁이는 물결 위에서는 아무것도 정확히 판단할 수 없다. p.183

직장에서 겪은 황당한 일을 지인에게 말할 때가 있다. 이야기를 들어주는 상대방이 내 문제를 해결해줄 수는 없지만 인간적으로나마 이해받고 위로받고 싶은 마음 때문이다. 하지만 이런 일시적 해결책으로는 문제를 근본적으로 풀지 못한다. 누군가에게 호소하며 위로만 받고 살 수는 없는 일이다. 나 또한, 누군가를 화나게 할 수 있다. 결국은 담당자의 실수를 탓하기보다 내가 매사에 빈틈없이 챙겨야 한다.

자신과 싸워라. 만일 너에게 화를 극복할 의지가 있다면, 화는 너를 정복하지 못할 것이다. 네가 화를 감추고 출구를 내어주지 않는 한, 화는 서서히 정복되기 시작할 것이다. 너는 화의 신호를 가능한 한 내색하지 않고 속에 묻어두고 감추어야 한다. p.185

화난 얼굴을 후배들에게 보여주고 싶지 않다. 마음속에서 화가 치밀어 오를 때마다 거울 속의 나를 들여다본다. 화로 인해 인생을 허비하고 자신을 괴롭히는 일을 줄이고 싶다. 화는 인류의 오랜 숙제이자 숙명이다. 손에 잡히지 않는 공허한 바람같이 아무것도 해결해 주지 못하는 화를 계속 낼 것인가? 아니면 의지를 키우며 화를 서서히 정복해 갈 것인가? 선택은 전적으로 내 몫이다.

자신의 짧은 인생을 소중히 여기고 너 자신과 타인을 위해 삶을 평화로운 것으로 만드는 것이 어떻겠는가? 사는 동안에는 모든 사람에게 사랑받고, 죽어서는 그들이 그리워하게 하는 것이 어떻겠는가? p.246

남편은 평소 화를 거의 내지 않는다. 아마도 화를 내며 시간을 보내기에 인생이 짧다는 것을 이미 알고 있는 듯하다.

“

은퇴하면 읽고 쓰는
문장 노동자로 살고 싶다.

”

루쉰, 『아Q정전』
이욱연 옮김
문학동네

현실적 승리

주위 사람들로부터 '성격이 좋다. 정신력이 강하다.'라는 말을 자주 듣는다. 사실은 그렇지 않다. 어떤 상황을 받아들이기 위한 나름의 필살기일 뿐이다. 층간 소음으로 살던 집을 팔고 전세로 살던 때의 일이다. 당시 부동산 가격이 치솟아 성급하게 집을 판 것은 엄청난 손실이었다. 고통스러운 마음이었지만 이 경험을 통해 내가 얻은 좋은 점을 찾아보았다. 우선 집이 없으니, 세금을 낼 필요가 없었다. 사는 집이 마음에 안 들면 다른 집으로 쉽게 이사할 수도 있다. 하지만 이사한 집에서 몇 달 살아 보니 처음에 좋았던 마음도 잠시뿐이었다. 한여름 창문을 열면 낮이나 밤이나 왕복 8차선에서 들리는 차량과 오토바이 굉음이 수면을 방해했다. 다시 생각 회로를 돌린다. 그래도 집 근처 산책로를 따라 해운대에서 송정까지 걸어갈 수 있으니 얼마나 좋은가!

직장에서 일할 때는 무엇이 현명한 판단이고 선택인지 어려울 때가 많다. 걱정과 불안으로 뒤척거리며 잠도 못 잔다. 주위에서는 '괜찮아, 앞으로 큰일을 할 사람인데, 이 정도는 버틸 줄 알아야지.' 라고 말한다. 직장인의 꽃은 승진이다. 그렇지만 승진하면 그만큼 책임과 부담도 늘어난다. 승진이 늦더라도 스트레스를 덜 받고 마음 편하게 사는 것도 그리 나쁘지 않다. 주위에서 재테크를 잘한 지인은 내게 책만 읽지 말고, 돈이 되는 공부를 하라고 한다. 나는 물질적 풍요도 중요하지만, 나는 아무래도 정신적 풍요에 마음이 더 끌린다. 상황이 불리할 때 긍정적 해석으로 마음의 위안을 삼아본다. 남에게 피해를 주지 않을 범위 내에서 즐기는 자기 합리화는 정신 건강에 유익하다.

루쉰의 『아Q정전』을 읽었다. 무지한 민중을 깨우치려고 쓴 소설이다. 청나라 멸망 이후 중국 최초의 근대적 공화국이 세워졌다. 중국은 밀려오는 서구 열강에 여러 번 침략을 당한다. 새로운 통치 세력이 나라를 지배하지만 중국인의 삶은 달라진 게 없다. 주인공 아Q는 중국인의 허세와 노예근성을 대변한 인물로 루쉰은 부패한 중국 사회를 신랄하게 풍자한다.

아Q는 날품팔이로 이름도 출신도 명확하지 않다. 그는 술과 도박을 전전하면서 깡패에게 얻어터지고 괴롭힘을 당한다. 그러나 그의 정신 승리의 방식은 완벽하다. 그는 자신보다 강한 사람에게 저항하지 못한다. 그저 마음속으로만 자기가 더 낫다고 위로한다. 그무렵 일어난 신해혁명을 끔찍이 무서워하지만, 그는 자신을 무시하는 부자에게 복수할 생각으로 혁명군에게 가담하고 싶어 한다. 그러나, 혁명당은 그를 받아주지 않는다. 그는 자신을 혁명 당원으로 속이며 돌아다니다가 절도 혐의로 혁명군에게 끌려가 결국 허무하게 사형을 당한다.

동네 건달들은 아Q의 누런 변발을 틀어쥐고는 벽에다 네다섯 번 소리가 날 정도로 찧고 나서야 아주 만족스럽게 승리한 기분을 느꼈다. 아Q는 잠시 서서 속으로 생각했다. 아들놈에게 맞은 셈이네. 요즘 세상은 정말 개판이라니까. 그러고 나서 그도 아주 만족스럽게 승리한 기분이 되어 돌아갔다. 아Q는 전에는 속으로만 중얼거리던 것을 나중에는 죄다 입 밖으로 내버리곤 했다. 그래서 아Q를 놀리는 사람들은 그에게 이런 정신적인 승리법이 있다는 것을 알게 되었다. p.22

당시 중국은 뿌리 깊은 유교의 허위의식에 사로잡혀 여러 국가적 위기 상황에 대응하지 못할 뿐 아니라 신문물을 받아들이지도 못했다. 작가는 구세대의 대국 의식을 가진 지식인과 정치인의 모습을 적나라하게 고발했다. 그는 문학을 도구로 지식층과 지배 계급의 썩어빠진 정신을 개혁하고 싶어 한다. 기만적 영웅주의와 패배 의식을 비판하고 풍자한다. 아Q의 죽음을 구경거리로만 생각하는 군중의 어리석음 또한 고발한다.

소설에 담긴 풍자와 비판에서 지금 내 모습을 보는 것 같았다. 직장에서도 이와 비슷한 상황을 쉽게 접한다. 배움에 조금만 소홀해도 과거의 방식과 습관에 안주하려는 마음으로 기운다. 새로운 문화에 적응하는 게 쉽지 않다. 젊은 세대를 이해할 수 없을 때가 종종 있다. MZ 세대의 말과 행동에 매번 놀란다. 지난 세월의 경험을 어설프게 꺼내다 보면 꼰대라는 말을 들을 수 있다.

두 가지 이상의 반대되는 믿음, 생각, 가치를 동시에 지닐 때 생기는 정신적 스트레스나 불편한 경험을 심리학에서는 인지 부조화라고 한다. 즉, 태도와 행동이 서로 일관되지 않거나 모순의 상태에 있는 경우다. 이솝우화의 「여우와 신포도」 이야기가 대표적이다. 포도가 먹고 싶지만, 높은 가지에 매달린 포도를 먹을 수 없기에 저 포도는 시어서 먹을 수 없다고 비난하는 여우같은 상황이다. 아Q는 실패가 뻔한 상황 속에서도 스스로 승리로 전환하는 정신 승리의 대가다. 이런 정신 승리와 인지 부조화는 내 안에서도 쉽게 찾을 수 있다.

나는 명품 가방이 없다. 대신 나 자신과 '삶 자체'가 명품이라고 생각하는 자기도취에 빠진다. 결혼하고 직장을 그만두는 동료가 부러우면서도 여성도 자기 일이 있어야 한다며 자신을 위로한다. 능력 부족으로 자녀에게 충분한 지원을 못 하는 상황이다. 자녀는 독립할 수 있도록 강하게 키워야 한다고 생각한다.

살면서 현실과 적당히 타협하며 비굴하게 살 수도 있다. 하지만 이런 삶을 원치 않는다면 현실을 직시하고 한 단계 자신을 성장시켜야 한다. 책을 읽으면서 성찰하고, 글을 쓰면서 나답게 사는 법을 한걸음씩 익혀야 한다.

앙드레 지드, 『지상의 양식』
김화영 옮김
민음사

내 책을 던져버려라

나의 이 책이 그대로 하여금 이 책 자체보다 그대 자신에게 — 그리고 그대 자신보다 그 밖의 다른 모든 것에 흥미를 가지도록 가르쳐 주기를' 이것이 바로 그대가 지상의 양식의 머리말과 마지막 문장들에서 읽을 수 있는 것이다. 그러니 구태여 그것을 다시 되풀이할 필요가 있겠는가? p.14

『지상의 양식』 서문이다. 이 책은 앙드레 지드가 아프리카로 여행하면서 정해진 형식 없이 일기처럼, 시처럼, 산문처럼 떠오르는 감정과 생각을 기록한 것이다. 『지상의 양식』 이후 38년의 세월이 지나 『새로운 양식』을 쓰기도 했다. 작가는 현실이나 규범에 굴복하지 말고 꿈과 의지대로 삶을 살라는 메시지를 전한다. 작가의 생각과 감정을 따라가면 놀랍고 신비한 구절들을 수없이 만날 수 있었다.

나아갈 길들이 확실치 않아서 우리는 일생 괴로워했다. 그대에게 뭐라고 말해야 좋을까? 생각해 보면 선택이란 어떤 것이든 무서운 것이다. 의무를 인도해 주지 않은 자유란 무서운 것이다. 어디를 둘러보아도 낯설기만 한 고장에서 하나의 길을 택해야 하니, 사람은 저마다 거기서 '자신만의' 발견을 하게 되는 것이다. 분명히 말하지만, 그 발견이란 오직 자기 자신만을 위한 것이다. p.20

이십 대 초에 들어온 직장을 아직 다니고 있다. 그 시절 내게 직장은 돈을 벌기 위한 생계 수단이었기에 다른 선택의 여지가 없었다. 지금은 상황이 다르다. 내게는 은퇴를 선택할 결정권이 있다. 정년까지 계속 다닐지, 퇴직을 조금 앞당길 것인지를 결정할 수 있다. 어떤 식으로든 은퇴하면 읽고 쓰는 문장 노동자로 살고 싶다. 내 꿈을 응원하는 사람은 빨리 그만두라고 한다. 인생이 길지 않으니 하고 싶은 일을 미리 선택하는 것도 나쁘지 않다고 한다. 하지만 아직은 어떻게 해야 할지 결정을 내리지 못하고 있다. 마음이 흐린 날씨처럼 꾸물꾸물하다.

내 그대에게 열정을 가르쳐주리라. 빛을 발광체와 분리할 수 없듯이 우리의 행위들은 우리와 불가분의 관계를 맺고 있다. 그 행위들이 우리를 소진시키는 것은 사실이지만, 그것은 또한 우리의 찬란함을 이루는 것이다. p.25

나는 열정이 많은 편이다. 내면의 결핍으로 인해 무언가를 계속 채우려는 삶을 살아왔다. 어떤 발표를 앞두고 있을 때는 다른 사람보다 더 준비하면서 노력했다. 남보다 더 잘하려는 마음보다는 스스로 부족한 게 많다고 생각했다. 남보다 정성을 많이 쏟아야 평균을 유지한다고 생각했다. 노력한 만큼 기대한 결과가 나오지 않으면 실망도 했다. 그럴 때 어김없이 찾아오는 것은 피해의식이었다. 나를 빼고 모두 잘 나가는 것 같았다. 좌절하고 실망해도 애써 아무렇지 않은 척했다. 자신을 채찍질하다가 토닥거리고 어루만지는 행위를 반복하며 살았다. 이런 일들이 어느새 삶의 일상이 되어버렸다. 하지만 생각해보면 내면의 결핍이 지금의 나를 만들었을 지도 모른다. 결핍은 성장과 성숙의 단계로 진입하기 위한 동력이다.

지녁을 바라볼 때는 마치 하루가 거기서 죽어가듯이 바라보라. 그리고 아침을 바라볼 때는 마치 만물이 거기서 태어나듯이 바라보라. 그대의 눈에 비치는 것이 순간마다 새롭기를. 현자란 모든 것에 경탄

하는 자이다. p.36

사람은 누구나 죽는다. 그런데 누구나 죽는다는 사실을 잊고 산다. 지금 내가 누리는 삶이 평생 이어질 거라고 착각한다. 얼마 전부터 손가락이 잘 굽혀지지 않아 병원을 찾았다. 의사는 퇴행성 관절이라고 했다. 그즈음 아침에 눈을 뜨자마자 손가락이 잘 펴지는지 확인부터 했다. 지인에게 말했더니 이렇게 대답했다.

"나는 요즘 아침에 눈을 뜨면 살아있음에 감사해."

내 책을 던져버려라. 이것은 인생과 대면하는 데서 있을 수 있는 수많은 자세 중 하나에 불과하다는 것을 명심해라. 너 자신의 자세를 찾아라. 너 자신이 아닌 다른 사람도 할 수 있었을 것이라면 하지 말라. 너 자신이 아닌 다른 사람도 말할 수 있었을 것이라면 말하지 말고 글로 쓸 수 있었을 것이라면 글로 쓰지 말라. 너 자신의 내면 이외의 그 어느 곳에도 있지 않은 것이라고 느껴지는 것에만 집착하고, 그리고 초조하게 혹은 참을성을 가지고 너 자신을 아! 존재 중에서도 결코 다른 것으로 대치할 수 없는 존재로 창조하라. p.202

글을 잘 쓰고 싶다. 특별한 글쓰기 비법을 얻고 싶어 여러 책을 뒤적거렸다. 어디에도 글을 잘 쓰는 비결은 없었다. '무조건 많이 써라. 쓰다 보면 자기도 모르게 글 쓰는 안목을 키울 수 있다.' 라는 말만 무성하다. 시간이 쌓이다 보면 독창적인 글을 쓸 수 있을까? 글을 잘 쓰고 싶으면 남다른 시선으로 대상과 사물을 살필 줄 알아야 한다. 즉, 뛰어난 관찰이 필요하다. 거기서 한 단계 넘어가면 성찰의 단계, 그다음은 통찰의 경지에 이른다. 나는 관찰이 부족해 글쓰기 실력이 늘지 않는다. 한 대상을 오래 바라보는 훈련부터 실천해야 한다.

앙드레 지드가 쏟아내는 삶에 대한 사랑과 열정의 울림에 온몸이 찌르르하다. 책의 구절마다 잠언이다. 상처 입은 마음을 어루만지는 시, 고도의 지적 해석을 요구하는 산문들이 곳곳에 흩뿌려져 있다. 이는 사막에서 바람에 쏠려 수시로 모습을 바꾸는 풍경처럼 보인다. 책에는 흥분에 취해 마음껏 고양된 기분에서 실망감이나 불안에 젖은 초췌한 심정의 고백에 이르기까지 다양한 감정이 흐른다. 책을 덮을 때 마지막으로 나 자신이 도착한 종착역은 내 안의 깊숙한 내면이었다. 내가 얼마나 중요한 문제를 마주하고 있는지를 깨닫는다.

사랑이란 자신과 다른 방식으로 느끼며
다르게 살아가는 사람들을 이해하고 기뻐하는 것이다.
자신과 닮은 사람을 사랑하는 것이 아니라
자신과는 대립하여 살고 있는 사람에게
기쁨의 다리를 건네는 것이 사랑이다.
차이를 부정하는 것이 아니라 그 차이를
사랑하는 것이다.
-프리드리히 니체

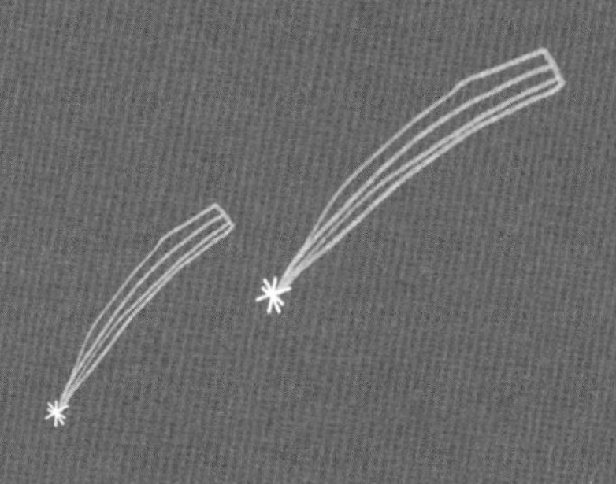

종잇장으로 이루어진 오솔길

2부

어니스트 헤밍웨이, 『노인과 바다』
김욱동 옮김
민음사

마지막까지 견딜 수 있어

동료의 권유로 마라톤을 시작했다. 하프 코스의 첫 기록은 2시간 20분이었다. 마라톤에 소질이 있다고 착각했다. 곧바로 직장 마라톤 동호회에 가입했다. 전국에서 열리는 각종 하프대회에 참가했지만, 기록은 비슷했다. 2시간 40분, 2시간 20분…. 최고 기록은 2시간 10분이었다. 풀코스에 도전하라는 유혹에 귀가 솔깃해 겁 없이 참가했다.

풀코스 마라톤은 준비 과정부터 다르다. 참가신청서를 보낸 순간부터 훈련에 집중해야 한다. 퇴근 이후 한 시간 정도를 연습하고, 주말 새벽에는 실전처럼 네 시간 정도를 뛰어야 한다. 대회 당일 기록측정용 칩을 신발에 묶고 출발했다. 달리는 구간이 길어질수록 함께 출발한 참가자는 하나둘씩 흩어진다. 최악의 구간인 35km 지점까지 통과하면 내 뒤에 남아있는 사람은 거의 없다. 내가 거북이처럼 느리게 뛰기 때문이다. 나 홀로 걷기와 뛰기를 반복한다. 밤하늘의 수많은 별처럼 무수한 갈등이 발목을 잡는다.

'계속 뛸까? 그만두자. 아니, 완주는 해야지.'

내면의 집요한 갈등과 싸움 끝에 결국 완주를 선택한다. 느리게 뛰면 불리한 점이 많다. 지점마다 준비해 둔 생수와 이온 음료, 바나나와 초코파이는 모두 사라지고 없다. 길바닥에 참가자가 마시고 던진 생수병은 납작 찌그러져 있다. 바나나 껍질은 우중충하게 변해 길바닥에 나뒹군다. 참가자 수가 비교적 적은 지방 대회일수록 힘들고 고단하다. 늦을수록 도로 통제가 풀려 인도로 뛰어야 한다. 말을 잘 듣지 않는 다리를 이끌고, 한여름 뙤약볕에서 등줄기를 타고 내리는 땀을 느끼면서 달린다. 유일한 목표는 포기하지 않고 끝까지 달리는 것이다.

어니스트 헤밍웨이의 『노인과 바다』를 읽었다. 쿠바 작은 마을을 배경으로 늙은 어부 산티아고의 이야기가 펼쳐진다. 노인의 유일한 친구는 꼬마 마놀린이다. 마놀린 부모는 아들이 고기를 잘 잡는 어부에게 일을 배우기 원하지만, 마놀린은 노인을 좋아한다. 어느 날 부모의 강요 때문에 소년은 다른 배를 타고 노인 홀로 바다에 나간다. 닻을 올린 지 85일째 되는 날, 노인은 청새치에 이끌려 바다에서 헤매고, 낚싯줄을 잡은 손에는 심한 통증을 느낀다. 3일간의 고통스러운 사투 끝에 큰 청새치를 낚는다. 하지만 그것으로 끝이 아니었다. 노인은 잡은 청새치를 상어들로부터 지키기 위해 밤낮 없는 전쟁을 치른다. 노인이 청새치를 끌고 항구에 와보니, 상어들이 물고기를 다 뜯어먹고 머리와 뼈만 남아있다.

노인은 정교하게 낚싯줄을 잡고 왼손으로 살그머니 그것을 낚싯대에서 풀어 놓았다. 이제는 고기에게 아무런 저항도 느끼게 하지 않고서도 낚싯줄을 손가락 사이에서 얼마든지 풀어 줄 수 있었다. 이렇게 먼 바다까지 나온 걸 보면 이번 달에 걸릴 고기로는 아주 큰 놈인게 틀림없어. p.231

누구에게나 힘든 시절이 있다. 매 순간 좌절하고 포기하고 싶을 때가 있다. 그 시기를 버티며 희망을 품고 살다 보면 좋은 일도 생긴다. 84일 동안 바다에서 고기 한 마리를 잡지 못해도 노인은 절망하지 않는다. 그 누구도 정신을 빼앗아 갈 수 없다는 강한 의지를 드러낸다. 『노인과 바다』는 인간이 자신의 한계를 극복하는 위대한 모습을 보여주는 걸작이다.

놈들과 싸우는 거지, 죽을 때까지 싸울 거야. p.319

풀코스에서 네 시간 넘게 뛰다 보면 극한의 괴로움이 가득하다.

두 번 다시 뛰지 않겠다고 굳은 각오를 한다. 그러나 끝까지 뛰어 결승점을 통과하면 그 뿌듯함은 이루 말할 수 없다. 며칠이 지나면 대회 기록증이 우편으로 날아온다. 레이스 주요 지점마다 카메라맨이 찍은 사진과 마라톤 기록을 볼 수 있다. 땀과 햇볕에 절은 얼굴, 가슴에 박힌 번호표, 기록을 보면서 힘들게 뛰었던 시간을 떠올린다. 내 눈과 손은 어느새 다음 대회를 검색하고 있다. 이렇게 참가 신청, 연습과 훈련, 밀려오는 후회, 벅찬 감동, 다시 신청하기를 몇 년 동안 반복했다.

2015년 춘천 국제 마라톤 대회에 참가했다. 기록은 5시간 3분이었다. 5시간 안에 들어가지 못해 아쉬웠다. 곧바로 2016년 서울 국제 동아 마라톤 대회에 참가신청서를 보냈다. 그날 목표는 5시간이었다. 훈련 부족으로 결과는 5시간 16분이었다. 그날 이후 대회 참가는 하고 있지 않지만 10년 동안의 마라톤 경험을 통해 몸으로 얻은 게 있다. 인생이 곧 마라톤이라는 진리다. 자신만의 속도로 포기하지 않고 완주하는 게 진정한 승자다.

글을 쓴다는 것은 최상의 경우라도 고독한 일입니다. (중략) 작가는 혼자서 작업할 수밖에 없으며, 만약 그가 훌륭한 작가라면 그는 날마다 영원성 또는 영원성의 부재를 직면해야 합니다. 진정한 작가에게 작품 한 편 한 편은 성취감 너머에 있는 그 무엇을 이루기 위해 다시 시도하는 새로운 시작이어야 합니다. 그는 언제나 자신이 이루지 못한 그 어떤 것, 또는 다른 작가들이 시도했다가 실패한 그 무엇인가를 성취하려고 시도해야 합니다. 그러고 나서 만약 큰 행운이 따른다면 성공을 거두게 될 것입니다. 1954년 헤밍웨이 노벨문학상 수상연설문, p.388

지금 나는 마라톤 대신 글쓰기로 빈자리를 채우고 있다. 흘러내린 땀이 고드름이 되는 영하 날씨와 이글거리는 태양 아래서 흘러내린 땀방울이 마라톤을 가능케 한 원동력이었다. 이제 글쓰기라는 마라톤에 도전한다. 느리게 뛰더라도 포기는 없다. 글쓰기는 결승점이 없다. 계속 쓰면 된다.

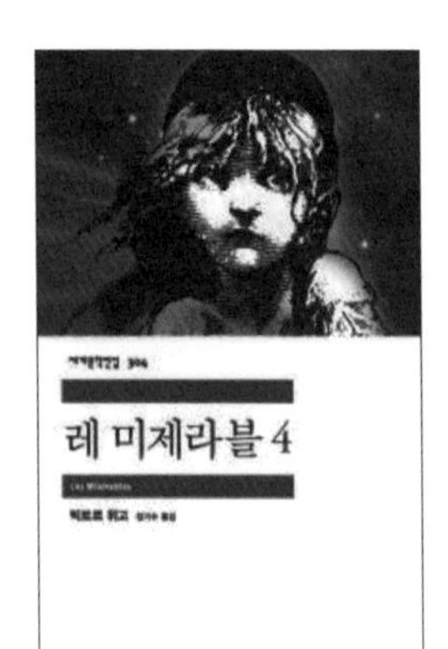

빅토르 위고, 『레 미제라블』
정기수 옮김
민음사

집을 허물고 나서 보이는 것

도마뱀의 사랑 이야기를 읽은 적이 있다. 대략 이런 내용이다. 일본의 한 집에서 벽을 허물었다. 도마뱀 한 마리가 벽 사이에 갇혀 있었다. 주인이 집을 공사할 때 박았던 못에 도마뱀의 꼬리가 박힌 것이다. 먹이를 날라주고 보살펴준 또 다른 도마뱀 한 마리의 헌신과 사랑으로 못 박힌 도마뱀은 살 수 있었다.

지난 주말 기숙사에 사는 작은 아이가 내려왔다. 주말에 느긋하게 책도 읽고 하고 싶은 일이 많았기에 아이의 방문이 달갑지 않았다. 밥을 먹고 이야기하다 보니 온전한 내 시간을 도둑맞은 기분이었다. 그런데 남편은 아이와 시간을 보내려고 휴가를 냈다. 큰아이는 동생이 내려온다고 좋아했다. 밥상에서 생선 가시를 발라 동생의 밥숟가락 위에 얹어주었다. 늦은 저녁 식당에 갔는데, 찐 새우가 나오자, 큰아이는 새우 껍질을 벗겨 동생에게 건넸다.

고전탐구 클래스에서 빅토르 위고의 『레 미제라블』을 두 번 토론했다. 처음에는 줄거리, 인물 정보 등에 초점을 두고 읽었다. 첫 토론 후 3년이 지나 출간 160주년 기념 양장판으로 다시 만났다. 두 번째 읽을 때는 처음 읽었을 때 보이지 않던 내용들이 보였다. 한 인간의 자기희생, 단단한 신념에 눈길이 멈추었다. 같은 책을 다시 읽으면 이해의 깊이와 넓이, 해석의 변화가 느껴지는 경우가 많다. 내 의식의 진화 또는 과거보다 성장했다는 증거일 것이다.

주인공 장발장은 빵 한 조각을 훔친 죄로 19년 동안 감옥살이를 한다. 전과자로 낙인된 그는 우연히 만난 미리엘 주교의 순수한 선행에 감동해 새로운 삶을 결심한다. 그는 자신의 정체를 숨기고 마들렌이라는 이름으로 시장이 된다. 가난한 사람을 도우며 진정한 사랑을 실천하는 장발장은 팡틴을 만난다. 죽음을 앞둔 그녀는 딸 코제트를 장발장에게 부탁한다. 형사 자베르와 장발장의 추격전이 펼쳐진다.

코제트를 사랑한 마리우스는 테나르디에를 통해 장발장이 자신을 구했다는 말을 듣고 코제트와 함께 장발장을 찾아간다. 장발장은 마리우스와 코제트의 결혼식을 앞두고 자신이 해야 할 일은 끝났다고 생각한다. 이제 죽음의 문턱에 가까워짐을 알고 장발장은 마리우스에게 자신이 죄인이라는 사실을 고백한다.

장발장은 평생 선행과 희생으로 속죄하고 싶은 걸까? 만약에 미리엘 신부가 그 촛대를 훔친 사람이 장발장이라고 말했다면 그의 인생은 어떻게 되었을까? 다시 교도소로 간다면 이 작품은 한 시대를 건너오지 않았을 것이다. 어둠에서 찬란한 빛으로 찾아가는 한 인물의 여정이 도드라진다. 누군가의 빛을 통해 구원을 경험한 사람의 의지와 용기, 희생은 사랑으로 시작해 사랑으로 결실을 맺는다.

아, 이런! 여태까지 난 내 생각밖에 안 했구나! 내 형편밖에 생각하지 못했구나! 잠자코 있을 것인가 아니면 자수를 할 것인가, 내 정체를 숨길 것인가, 아니면 내 영혼을 건질 것인가, 가증스럽지만 존경을 받는 행정관으로 있을 것인가, 아니면 수치스럽지만, 거룩한 죄수가 될 것인가, 이것은 내 문제, 어디까지나 내 문제요. 내 문제에 불과하다! 그러나 이 모든 것은 이기주의임을 어찌하랴! p.348

숭고한 사랑과 연민의 정, 위대한 정신이 가슴 속에 용솟음친다. 눈이 부시도록 빛나던 별 하나가 아스라이 떨어진다. 평생 자기의 몸을 불태워 사랑을 불사르고 그 별은 유유히 우리 곁을 떠난다. 위대한 정신의 운명은 이렇게 사라지는 것일까?

그는 자고 있네. 그의 운명은 참 기구했건만, 그는 살고 있었네, 그에게 더 이상 그의 천사가 없을 때 그는 죽었네. 이것은 단지 올 것이 저절로 온 것. 마치 해가 지면 밤이 되듯이. p.1,067

마음속의 잔잔한 호수 위에 파동을 일으킨 구절들이 많다. 장발장의 마음속에서 싸우는 두 가지 관념이 많은 생각을 자아낸다. 이름을 감출 것, 영혼을 성화할 것, 이 두 가지 노력을 숙고해 보며 차이를 깨닫는다. 하나는 선이고, 헌신이고, 이웃에 대한 사랑이고, 광명에서 온 것이다. 다른 하나는 스스로 얼마든지 악해질 수 있다는 것, 개인 중심이고, 이기심과의 싸움이고, 암흑에서 스며나오는 것들과의 투쟁이다. 두 관념은 장발장의 가슴 속에서 치열하게 싸운다.

신념은 무엇일까? 신념이란 자아의 정체성, 삶의 목적을 찾고 나다운 삶을 사는 것인가? 은퇴를 앞둔 시점에 이런 질문에 몰입한다. 질문하는 나와 대답하는 나 사이에서 아직 합의점을 찾지 못한다. 그동안 힘들게 일했으니 은퇴하면 놀면서 쉬라는 말에 공감한다. 하지만 다른 한쪽에서는 살면서 배운 소중한 경험을 타인과 나누라고 독려한다. 아직도 주춤하고 있다. 정년보다 일찍 퇴직해 하고 싶은 일에 몰두할 것인지, 정년까지 일하면서 틈틈이 하고 싶은 일을 할지도 고민이다. 결단을 내리지 못하는 것은 아직 확신이 없기 때문이다. 책을 읽고 글을 쓰면서 좀 더 성숙한 자신을 찾아가려

한다. 창작의 고통을 견디며 글 쓰는 일을 계속하는 것이다. 어둠으로 가득한 세계에서 빛을 찾아가는 상발장처럼 살고 싶은 마음이 주렁주렁 달린다.

헨 리크 입센, 『인형의 집』
안미란 옮김
민음사

인형의 집

결혼하고 일 년쯤 지났을 때였다. 토요일 저녁 친구들과 모임이 있었다. 오랜만에 만나서 놀다 보니 시간 가는 줄 몰랐다. 친구 집에서 잠을 잤다. 남편에게 말하지 않았던 게 실수였다. 남편은 늦은 밤에 친정엄마에게 전화를 걸었다.

"살다 보면 그럴 수도 있지."

엄마는 내 편을 들었다. 엄마는 남편에게 딸이 마음에 안 들면 이혼하라고 말했다. 우리 부부는 당황했다. 그날 이후 말다툼하다가 시댁이나 친정에 전화하는 일은 없다.

시댁과 직장의 일이 겹치면 직장에 우선순위를 두었다. 명절이나 집안 행사로 가족이 모일 때 시어머니와 동서의 표정이 밝지 않았다. 눈치를 보면서 음식을 만드거나 할 일만 했다. 마음이 편하지 않으니 이런 모임이 즐거웠을리 없다.

헨리크 입센의 『인형의 집』 주인공 노라는 한 남자의 아내이자 세 아이의 엄마다. 한 여성이 자신의 정체성을 찾아가는 여정을 그린 희곡이다. 새해가 되면 남편 헬메르가 은행 총재로 부임할 예정이다. 노라는 친구 크리스티네에게 자신의 비밀을 털어놓는다. 헬메르의 병을 낫게 하려고 아버지의 서명을 위조해 돈을 빌렸던 사실을. 노라는 남편에게 친구 크리스티네의 일자리를 부탁한다. 크리스티네 때문에 해고된 크로그스타드는 노라에게 비밀을 폭로하겠다고 협박한다. 결국 남편이 이 사실을 알고 노라에게 아이를 교육할 자격이 없다고 비난한다. 노라는 자신의 결혼 생활이 진실한 적이 없었다는 사실을 마주한다. 결혼 전에는 아버지의 인형으로, 결혼 후에는 남편의 인형으로 살았던 자신을 후회한다.

당신과 아버지는 내게 큰 잘못을 했어요. 당신들은 내가 아무것도 되지 못한데 책임이 있어요. p.116

노라는 남편이 자신을 사랑한다고 믿는다. 그런 가족을 위해 책임감과 의무감으로 산다. 헬메르는 자신의 체면을 깎는 아내를 이해할 수 없다. 헬메르는 아내의 고마움을 모르고 자신의 체면과 품위만 앞세운다. 그런 남자를 좋아할 여자가 있을까? 노라는 자신을 인형처럼 생각하는 남편의 권위와 이기심에 실망해 집을 떠난다.

나는 나 자신과 바깥일을 모두 깨우치기 위해 온전히 독립해야 해요. 그래서 더 이상 당신 집에 있을 수가 없어요. p.117

남편과 나는 치열하게 살았다. 한 번 다투면 한 달 정도 서로 말을 하지 않았다. 침묵을 견디지 못한 남편이 말을 먼저 걸면 팽팽한 줄다리기는 흐지부지 끝이 났다. 몇 차례 다투면서 우리는 점점 지쳐갔다. 남편이 먼저 이혼하자고 했다. 나도 이혼하고 싶은데, 지금은 아니라고 말했다. 적절한 때가 오면 이혼해 줄 테니 기다려달라고 했다. 살면서 이혼하고 싶을 때가 많았다. 나의 실익만 생각했다면 아마도 이혼했을 것이다. 주위의 시선, 잘못된 선택에 대한 두려움, 아이의 장래를 생각하며 참고 살았다.

어느덧 결혼 생활 27년째다. 이제 두 아이는 성인이다. 얼마 전 큰아이가 하는 말을 듣고 미안했다. 자신이 어렸을 적 엄마와 아빠가 싸운 기억밖에 없다고 했다. 내가 조금만 참았으면 그렇게 살지 않아도 되었을 일이다. 왜 그렇게 살지 못했을까? 이제 중년이 된 우리 부부는 적당히 양보하면서 그럭저럭 잘 산다. 다만, 확실한 것은 남편의 그늘에서 남은 인생을 살고 싶지는 않다는 점이다. 내가 꿈꾸는 삶의 방향과 목적을 향해 스스로 걸어갈 것이다.

중학교 다닐 적 친구는 나보다 결혼 생활이 8년 빠르다. 나는 그 친구가 결혼해 잘 사는 줄 알았다. 중년이 되어 우리는 다시 만났다. 전 남편과 헤어졌다는 그녀의 표정은 침착했다. 친구는 결혼 생활의 공허함을 견딜 수 없어 이혼하고 다른 남자와 결혼했다. 늦었지만 친구의 새로운 출발과 인생을 응원해 주었다. 마치 친구의 삶이 주인공 노라처럼 느껴졌다. 작년 가을쯤 친구는 큰아이의 청첩장을 보냈다. 결혼식장의 혼주 자리에 그녀는 전남편과 나란히 앉아있었다. 그 남자는 친구와 이혼했지만, 여전히 결혼한 딸의 아빠였다.

내가 지금 하는 것처럼 아내가 남편의 집을 떠나면 남편에게는 그 여자에 대해 아무런 책임이 없다고 들었어요. 어쨌건, 나는 당신을 모든 책임에서 풀어 줄게요. 아무 데에도 매여 있다고 느낄 필요 없어요. 내가 아무 데에도 매이지 않는 것처럼 말이에요. 양쪽 모두가 온전히 자유로워야 해요. p.123

노라의 삶을 나는 응원한다. 이제 인형처럼 살아야 할 이유가 없다. 어쩌면 우리는 마음속에 인형처럼 살고 싶은 로망을 품고 사는지 모른다. 좋은 환경과 자유로운 시간 속에서 예쁜 인형처럼 살고 싶다는 생각을. 하지만 나는 삶의 개척자로 자유롭고 활기찬 인생을 살고 싶다. 아내와 부모로서 역할을 제대로 못할 수도 있을 것이다. 책을 읽으면서 어떤 게 참다운 삶인지 생각해본다. 인형의 집에서 참으면서 살지, 집 밖으로 나올지는 각자의 선택이다.

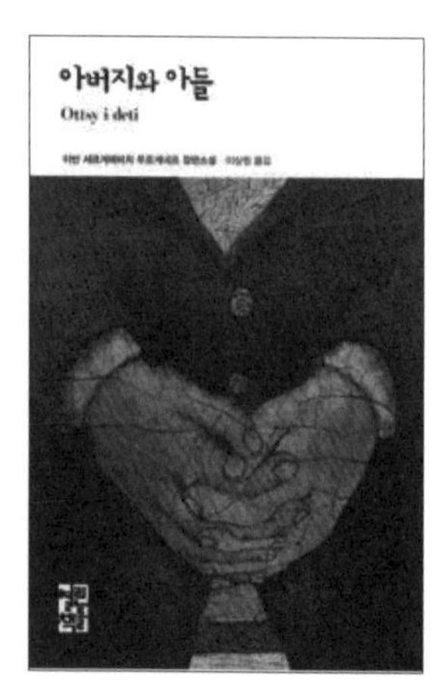

이반 투르게네프, 『아버지와 아들』
이상원 옮김
열린책들

죽음은 오래된 농담

결혼 후 시어머니와 함께 살았다. 주말에 늦잠을 자고 싶어도 일찍 일어나야 했다. 퇴근 후에도 쉴 수 없었다. 시어머니는 아들과 며느리를 위해 저녁을 준비했다. 푸짐한 밥상에서 저녁을 먹고 나면 그게 끝이 아니었다. 나는 시어머니의 한 맺힌 시집살이를 들어야 했다. 중간마다 추임새를 넣어 가며 '시어머니'라는 인생 책을 강제로 읽어야 했다. 수시로 찾아온 시누이와 시동생으로 집안은 시끌벅적했다. 처음에는 환한 표정으로 그들을 맞이했지만 그것도 잠시였다. 1년이 지난 후 시동생 부부가 아이를 낳았는데, 아이를 돌봐줄 사람이 필요했다. 시어머니는 우리 부부와 살고 싶어 했지만 어쩔 수 없이 시동생 집으로 가야했다.

가까운 거리에 시동생 부부가 살았다. 아이들이 어릴 적, 시어머니에게 자주 갔다. 형님은 아들만 둘이고, 손아래 동서는 아들 하나다. 딸만 둘인 집은 나밖에 없었다. 시어머니는 손자와 손녀를 차별했다. 아이들은 상처받고 집으로 돌아오곤 했다. 시어머니는 어린 두 아이 앞에서 여성을 무시하는 말을 자주 했다. 당시 유치원생이었던 작은 아이가 할머니도 여자면서 왜 그러냐고 볼멘소리를 했다. 남편에게 불만을 털어놓았다. 그럴 때마다 남편은 나에게 이해하라는 말만 되풀이했다.

나이를 먹으면서 시어머니를 이해할 수 있었다. 시어머니는 결혼 후 딸만 셋을 내리 낳았다. 아들을 못 낳는다고 혹독한 시집살이를 했다. 이후 아들 넷을 연달아 낳고부터 시집살이에서 벗어났다. 그러니 아들을 생각하는 마음이 각별할 수밖에 없었다.

하지만 어머니의 이해할 수 없는 말과 행동으로 인한 상처의 뿌리는 오랫동안 뽑히지 않았다. 시어머니가 살아온 환경과 지금 세대와 차이는 분명히 있다. 며느리를 딸처럼 생각한다는 시어머니의 위선에 감정이 쌓여갔다. 그 순간에는 참았지만, 집에 와서는 죄 없는 남편에게 쌓인 감정을 퍼부었다. 남편은 말 그대로 남의 편이었다. 명절 때마다 기분 좋게 집에 돌아온 적이 거의 없었다. 시댁에 머무는 동안 입을 꾹 다문 조개처럼 지냈다. 시간이 흘러도 시어머니의 행동은 변하지 않았다. 시댁과는 늘 일정한 거리를 두었다. 명절이 다가오면 피하고 싶은 마음뿐이었다. 그렇다고 안 갈 수도 없으니 음식을 준비하고 밥상을 차리고 설거지를 하는 등 최소한의 할 일만 하고 자리를 떠났다. 어느 날부터 시어머니의 말은 더 거칠어졌다. 함께 있는 시간들은 점점 더 불편했다.

이반 투르게네프의『아버지와 아들』은 구세대 아버지와 신세대 아들, 귀족 계급과 평민 계급, 다양한 인간관계의 갈등, 사랑과 화해를 다룬다. 19세기 유럽과 러시아를 풍미한 낭만주의 시대, 예술적 감각과 교양이 넘쳤던 아버지 세대와 달리 아들들은 거칠고 완강했다.

형님은 우리가 옳다고 하셨지. 자존심을 다 버리고 생각해 봐도 그 애들이 우리보다 진리에 더 가까운 것 같지는 않지만 그래도 왠지 젊은이들에게는 무언가 우리가 갖지 못한 것, 보다 우월한 것이 있다는 생각이 든다. 그건 젊음일까? 아니 젊음만은 아니야, 혹시 그 우월함은 우리만큼 귀족주의에 젖어 있지 않은 데서 나오는 것이 아닐까? p.85

대학을 졸업한 아르까니는 친구 바자로프를 데리고 고향으로 돌아온다. 그때부터 세대의 갈등과 대립이 시작된다. 바자로프는 세상을 비판적으로 대하는 니힐리스트의 대명사다. 그는 귀족주의에 젖은 아르까디의 큰아버지 빠벨 빼드로비치를 미워하며 결투를 벌인다. 반면에, 빠벨은 바자로프의 무례한 행동을 못마땅해 한다.

이제 우리 형제는 전성기를 다 보내고 구식으로 전락한 모양입니다. 솔직히 말해 한 가지는 가슴이 아픕니다. 이제야말로 아르까디와 가까워지고 잘 지내고 싶었거든요. 그런데 전 뒤로 쳐지고 아르까디는 앞서가 버렸어요. 서로를 이해할 수 없게 된 거죠. p.70쪽

바자로프에게 사랑의 의미는 남다르다. 사랑은 구세대의 낭만주의자나 부유하고 나약한 귀족의 전유물이다. 하지만 그에게도 사랑이 찾아온다. 귀족 부인 오딘초바를 향한 사랑의 감정에 빠져든 것이다. 흔들리는 자신을 보며 바자로프는 열패감을 느낀다.

전 이제 끝났습니다. 마차 바퀴에 깔린 거죠. 결국, 미래에 대해서는 생각할 필요도 없었던 셈이죠. 죽음이란 오래된 농담이지만 또 누구에게나 새롭지요. 아직은 두렵지 않습니다만……. 혼수상태가 찾아오면 끝장입니다. p.293

바자로프는 고향으로 돌아가 죽는다. 전염병으로 사망한 농부의 시신을 해부하던 중 감염되었기 때문이다. 몇 달 후 바자로프의 부모는 아들의 무덤을 찾아온다. 그들은 서로 부축하며 한참을 흐느낀다. 아들에 대한 기억을 더듬으며 그곳을 떠나지 못한다.

아들과 아들에 대한 기억에서 가까이 있게 해주는 듯한 그 장소

를 떠나지 못하는 것이다. 그 기도와 눈물은 정녕 쓸데없는 것일까? 그 성스럽고 헌신적인 사랑이 정녕 전능하지 못한 것일까? 그럴 리 없다! 그 아무리 격렬하고 죄 많은, 반항적 영혼이 그 무덤에 숨겨졌다 해도 그 위에 피어나는 꽃들은 죄 없는 눈으로 우리를 잔잔히 바라본다. 그 꽃들이 그저 영원한 안식이나 무심한 자연의 위대한 정적만을 우리에게 말해 주는 것은 아니다. 영원한 화해와 무한한 생명에 대해서도 말해 주는 것이다. p.303

시간이 많이 지난 후 시어머니의 말과 행동이 치매의 전조 증상이었다는 사실을 알았다. 현재 시어머니는 치매를 앓은 지 오래다. 자식의 얼굴도 못 알아보고, 식사를 넘길 수 없어 영양식을 주사기로 투입한다. 종일 누워 있는 시어머니를 보면서 섭섭했던 감정은 기억의 저편으로 사라져가고 있다. 돌아가시기 전에 쌓인 감정을 풀어야 할 것 같았다. 시어머니의 손을 꼭 잡았다. 지난 시절 나의 부끄러운 행동과 차가웠던 마음을 돌이키며 진심으로 용서를 빌었다.

'어머님, 죄송합니다. 그리고 고맙습니다.'

찰스 디킨스, 『위대한 유산』
이인규 옮김
민음사

폐허에서 걸어 나가기

어린 시절, 나는 풍족하지 못한 환경에서 자랐다. 직장에 다니면서 배우고 싶은 욕망을 채워가며 희열을 느꼈다. 수많은 노력은 이제 습관으로 정착되었다. 배움에 대한 열정과 성취에 대한 의지는 나의 강점이다. 부모에게 물려받은 재산은 없다. 다만, 엄마에게 받은 소중한 정신적 자산이 있다면 그것은 성실이다. 무엇을 하든 최선을 다하면 좋은 기회가 반드시 온다고 믿었다.

찰스 디킨스의 『위대한 유산』을 제대로 읽기 전에는 제목만 보고 자녀에게 엄청난 재산을 남겨주는 소설인 줄 알았다. 주인공 핍은 누나와 매형과 산다. 핍은 대장간을 하는 매형 조 아래서 수습공으로 일한다. 어느 날 핍은 묘지에서 탈옥수를 만난다. 핍은 탈옥수의 협박으로 쇠사슬을 자르는 줄과 먹을 것을 그에게 갖다 준다. 이웃 저택에는 이혼녀 해비샴이 양녀인 에스텔라와 함께 살고 있다. 에스텔라는 핍을 무시하고, 핍은 비천한 자신의 신분에 대한 수치심을 느끼며 운명을 비관한다.

핍은 누군가의 지원으로 런던에서 신사 수업을 받는다. 핍은 자신을 도와준 사람이 해비샴이라고 생각한다. 자신이 신사가 되면 에스텔라와 결혼할 것을 기대한다. 핍은 점점 거만해지고 속물로 변해간다. 매형인 조가 찾아와도 무시하고 더 많은 빚도 진다. 런던에서 사는 에스텔라는 핍을 싸늘하게 대한다.

어느 날 탈옥수 매그위치가 핍을 찾아온다. 그는 핍이 신사 교육을 받도록 도와준 사람이 자신이라고 털어놓는다. 핍은 자신의 은인이 해비샴이 아니라 탈옥수라는 사실에 놀란다. 에스텔라와 결혼하려는 핍의 꿈은 물거품이 된다. 핍이 앓아 누운 동안 조가 핍을 간호하고 빚도 갚아준다. 핍은 자신이 살아온 이전의 생활방식이 부질없음을 알고 고향으로 돌아간다.

진정한 신사는 핍이 아니라 조였다. 재산과 지위가 아닌 인간을 향한 진심 어린 사랑이 큰 유산이었다. 조는 의지할 곳 없는 고아인 핍을 보살펴주었다. 자신을 하찮게 여기고 런던으로 떠난 핍이 탈옥수, 에스텔라, 빚과 열병으로 방황할 때 진정한 사랑으로 보살폈다. 핍은 매형의 위대하고 진실한 인간성을 보면서 깨닫는다.

인생이란 서로 나뉜 수없이 많은 부분의 집합으로 이루어져 있단다. 그래서 어떤 사람은 대장장이고 어떤 사람은 양철공이 되고 어떤 사람은 금 세공업자고, 또 어떤 사람은 구리 세공업자이게끔 되어 있지, 사람들 사이에 그런 구분은 생길 수밖에 없고 또 생기는 그대로 받아들여야 하는 법이지, 오늘 잘못된 뭔가가 조금이라도 있다면 그건 다 내 탓이다. 너와 난 런던에서는 함께 만나지 말아야 할 사람들이야. 사적私的이고 익숙하며, 친구들 사이에 잘 알려진 그런 곳 외의 다른 어떤 곳에서도 우린 만나지 말아야 할 사람들이야, 앞으로 넌 이런 옷차림을 한 날 다시는 만날 일이 없을 텐데, 그건 내가 자존심이 강해서가 아니라 그저 올바른 자리에 있고 싶어서라고 해야 할 거야. 난 이런 옷차림과 전혀 어울리지 않아, 난 대장간과 우리 집 부엌과 늪지를 벗어나면 전혀 어울리지 않아. (중략) 혹시라도 네가 날 만나고 싶은 일이 생긴다면, 그땐 대장간에 와서 창문으로 머리를 들이밀고, 대장장이인 이 조가 거기서 낡은 모루를 앞에 두고 불에 그슬린 낡은 앞치마를 두른 채 예전부터 해 오던 일을 열심히 하는 모습을 바라보도록 해라. 그러면 너 나한테 지금 이런 차림의 반만큼도 흠을 발견하지 못할 거다. [1권, p.411]

소설에서 눈길을 끄는 두 사람은 매그위치와 조였다. 두 사람은 배운 게 없고 가난한 밑바닥 계층이다. 탈옥수 매그위치는 자신에게 먹을 것을 갖다 준 핍의 따뜻한 마음을 잊지 않는다. 돈을 모아 자신의 이름을 숨긴 채 핍이 진정한 신사가 되도록 막대한 유산을 물려준다. 조는 인간의 소중함과 가치를 알고 삶으로 실천한다. 빈털터리로 돌아온 핍을 가슴으로 받아준다. 핍은 두 인물을 통해 참된 인간성의 소중함을 배운다. 물질적 풍요도 중요하지만, 사랑과 배려를 실천하는 모습이 진정한 유산이 아닐까?

친정엄마는 내게 어떤 삶을 살아야 한다고 말하지 않았다. 엄마의 모습에서 나는 삶의 문법을 배웠다. 나 역시 두 아이에게 진실한 모습을 보여주려 애쓰는 중이다. 아이에게 어떤 삶을 살라고 요구하기 전에 나부터 후회하지 않는 원하는 삶을 살고자 한다.

고향을 방문한 핍이 해비샴의 폐허를 찾아가 에스텔라와 재회하며 소설은 끝난다. 고요한 달빛 속 두 사람의 풍경이 고즈넉하고 아름답다.

나는 그녀의 손을 잡았다. 그리고 우리는 그 폐허의 장소에서 걸어 나갔다. 오래전 내가 대장간을 처음 떠났을 때 아침 안개가 걷혔던 것과 똑같이, 그렇게 저녁 안개가 그 순간 대지 위에서 걷히고 있었다. 그리고 그 안개 밑으로 넓게 펼쳐져 나타난, 고요한 달빛 속의 그 모든 풍경 속에서 나는 그녀와의 또 다른 이별의 그림자를 전혀 보지 못했다. 2권, p.427

지난 해 겨울부터 대학생인 큰아이와 고전을 함께 읽는다. 아이는 읽을 책을 정하고 정해진 기간까지 읽을 책의 분량과 토론 시간을 정한다. 집에서 함께 생활하니 좋은 점도 있다. 식사나 산책, 이동시간에 틈틈이 읽었던 책을 이야기한다. 마크 트웨인의 『왕자와 거지』, 『톰 소여의 모험』, 제인 오스틴의 『이성과 감성』, 윌리엄 골딩의 『파리 대왕』까지 읽었다. 가을 학기쯤 아이는 조금씩 다른 모습을 보여주었다. 학교에서 교양과목으로 고전을 선택하고, 학교 동아리에서 운영하는 독서 모임에 참여한다. 요즘은 책을 읽고 나서 무언가를 쓰는지 키보드를 타닥타닥 두드린다.

나쓰메 소세키, 『나는 고양이로소이다』
김난주 옮김
열린책들

집사 일기

엄마는 고양이 한 마리를 키운다. 하얀 털에 노란색과 검은색 무늬가 섞인 삼색 고양이, 이름은 나비다. 4년 전 엄마는 고관절 수술 때문에 옆집 아주머니에게 고양이를 맡기고 왔다. 수술 이후 재활이 늦어지는 바람에 엄마는 시골에 내려가지 못하고 한동안 우리 집에서 지냈다. 엄마는 고양이를 걱정했다. 엄마가 시골에 다시 돌아간 날 고양이는 엄마 곁에서 칭얼대는 아이처럼 계속 울었다. 서러움과 기쁨이 섞인 울음이었다. 시간이 지나고 고양이는 안정을 찾았다. 그 이후 고양이는 엄마 옆에 껌딱지처럼 붙어 살았다. 외출하려고 하면 엄마를 따라다니며 울었다. 오전에 복지관을 가면 고양이는 엄마를 따라나선다. 고양이는 복지관 앞에서 오후까지 엄마를 기다린다. 엄마와 고양이가 나란히 집으로 돌아온다. 엄마 곁에서 장난도 치고, 추운 겨울에는 이불 속으로 들어가 엄마와 함께 잔다. 엄마에게 고양이는 둘도 없는 존재다.

『나는 고양이로소이다』의 화자話者는 고양이다. 어느 날 고양이 한 마리가 영어 선생인 구샤미 집으로 들어온다. 고양이는 구샤미 선생 부부와 그를 찾아오는 주변 인물의 행동과 사건을 관찰한다. 찾아온 사람의 대화와 행동을 들으며 자기 생각을 말한다. 고양이의 시선으로 인간 세계를 말하는 게 흥미롭다. 고양이는 인간을 깊이 이해하며 본질을 꿰뚫는다. 재미있는 구절이 군데군데 나온다.

나는 인간이란 참으로 이기적이라고 단언하지 않을 수 없게 되었다. p.11

작가 나쓰메 소세키는 메이지 유신 시대를 살았다. 천황의 즉위와 더불어 서양 문물이 쏟아져 들어오던 격동기였다. 서양 문물이 다 좋은 게 아니라는 비판도 한다. 풍자와 해학을 통해 세상의 부당함과 억울함, 씁쓸함을 생각한다. 소설의 특징은 줄거리가 없다. 작품 속의 고양이는 이름도 없다. 슬그머니 들어와 빌붙어 살 뿐이다. 소설 속의 구샤미 선생은 거울을 자주 들여다본다. 고양이는 '거울은 주인이 갖가지 몸짓을 연출하며 본성을 자각하는 수단이다.'라고 해석한다.

인간에 관한 모든 연구는 즉 자기 자신을 연구하는 것이다. 천지와 산천과 일월과 성신이 모두 자기 자신이 아니면 달리 연구할 대상을 찾지 못하는 것이다. 만약 인간이 자신 밖으로 뛰쳐나간다면, 뛰쳐나가는 순간 자신은 없어진다. 게다가 자신에 관한 연구는 자기 말고는 아무도 해주지 않는다. 아무리 해주고 싶고 해주었으면 해도 할 수 없는 일이다. 그러니 고금의 호걸은 모두 제 힘으로 된 것이다. p.352

이제는 엄마와 통화할 때 고양이 안부까지 묻는다. 며칠 전부터 나비가 아픈지 도통 먹지를 않는다고 걱정했다. 엄마는 고양이를 병원에 데려가고 싶은데 허리가 아파 데려갈 수가 없다고 했다. 택시를 불러 시내 병원까지 가야 하는데 고양이를 넣어 갈 캐리어도 없었다. 인터넷으로 주문해 보냈다. 시골에 사는 지인에게 부탁해 나비를 병원에 데려갔다. 약을 먹고 나서야 예전처럼 밥을 잘 먹었다.

소설 속의 주인공 구샤미는 무력한 인간이다. 학교에서 돌아오면 서재에 틀어박혀 산다. 책을 읽는 게 아니라 책상에 침을 흘리며 낮잠을 잔다. 그를 찾아오는 메이테이, 간게쓰도 비슷한 인간이다. 그들은 소위 지식인의 대화를 나눈다. 고양이 관점에서 모두 시시껄렁한 삽남이다. 여든이 넘은 집사는 혼자 산다. 다섯 명의 자식은 뭐가 그리 바쁜지 고작 일 년에 한두 번 정도 집사를 찾아온다.

지난 추석 엄마한테 다녀왔다. 나비는 낯을 많이 가린다. 집에 낯선 사람이 찾아오면 나비는 슬며시 밖으로 나간다. 그날도 고양이는 나가버렸다. 친해지고 싶지만 쉽게 마음을 내주지 않았다. 이틀 동안 엄마 집에 머물면서 나비를 한 번도 만지지 못했다. 나비는 우리가 잠자는 새벽에 잠시 들어와 허기진 배를 채우고 밖으로 나갔다. 고양이에게 우리는 불편한 손님이다. 생일, 어버이날, 명절 때만 드문드문 엄마를 찾아간 자식들. 고양이는 그런 우리를 어떻게 생각할까? 엄마는 이제 나이 들어 점점 혼자 생활하는 게 힘들다. 도대체 이 집 자식들은 엄마를 걱정이나 하는가? 이제 자식들은 슬슬 고양이의 눈치를 본다.

엄마가 고양이를 데려온 지 5년이 넘었다. 나비는 엄마와 함께 늙어간다. 나비가 좋아할 만한 장난감을 몇 개 보냈다. 처음에는 잘 놀더니 지금은 시큰둥하다고 했다. 고양이가 좋아한다는 퓨리나 파티믹스 간식도 보냈다. 처음에는 칠면조 맛을 몰랐는지 잘 안 먹었다가 최근에 아침마다 간식을 달라고 조른다고 했다.

지난달 엄마는 복지관 가는 길에 넘어졌다. 갈비뼈에 금이 갔는데 별다른 치료방법이 없다고 했다. 한 달 정도 지나면 나을 거라고 했다. 설 명절을 앞두고 엄마 혼자 지내게 할 수가 없어 엄마를 집에 모셔오기로 했다. 엄마는 나비를 걱정했다. 시골에서 부산까지 오는 승용차에서 나비는 3시간 동안 울었다. 집사가 곁에 있어도 고양이에겐 새로운 도시 환경이 크나큰 부담이었다. 시골에서는 마음대로 드나들었는데 여기서는 밖으로 나갈 수가 없다. 장난감으로 고양이의 관심을 끌어보고 싶었지만 시큰둥했다. 우리가 없을 때만 고양이는 엄마와 재미있게 놀았다. 2주가 지났다. 창문틀에서 앉아 바깥 풍경을 구경하는 게 나비의 일상이었다. 엄마와 둘이서만 지낸 환경과 달리 남편과 나, 두 아이의 시선과 관심에 부담을 느끼나보다.

고양이 두 마리를 키우는 어느 집사와 커피를 마셨다. 자연스럽게 고양이 이야기를 꺼냈다. 그녀는 집에 와있는 고양이의 나이를 물었다. 그녀는 다섯 살인 고양이가 집사인 엄마보다 오래 살 것 같다고 말했다. 엄마가 돌아가시면 고양이를 누가 키울지 걱정했다. 집 안에서 살던 고양이와 달리 집 밖의 고양이는 위험요소가 많다. 안전을 위해 집안에서만 사는 습관을 길러주라고 말했다. 뜻밖의 말을 듣다 보니 생각이 많아졌다. 만약 고양이가 엄마보다 오래 살면 그 고양이를 데려와 키워야 하지 않을까 싶다. 나비는 엄마의 분신이다.

작품 속의 페르시안산 고양이는 사람처럼 호기심이 많고 식견도 넓다. 자기가 좋아했던 얼룩이가 죽자 슬퍼하는 감정도 있다. 말은 못하지만 인간처럼 듣거나 보면서 철학하는 고양이다. 인간을 관찰하고 연구하는 재미에 푹 빠진다. 마지막 부분에 고양이는 생각한다. '언제 죽을지 모른다. 사는 동안 무엇이든 해 볼 생각이다.' 그리고 고양이는 디타라 산페이가 사 온 맥주를 마시고 죽는다.

내가 맥주 한 잔을 다 마셨을 때, 묘한 현상이 벌어졌다. 처음에는 혀가 찌르르하고 온 입안이 바깥에서 짓누르는 것처럼 얼얼하더니, 점차 편해지면서 한 잔을 다 처치했을 쯤에는 별로 힘들지도 않았다. 이제 괜찮겠다 싶어서 그 다음 잔도 홀짝거렸다. 큰 어려움 없이 해치웠다. 내친김에 쟁반에 흐른 것까지 싹싹 핥았다. p.513

작품을 다 읽은 후 나비가 다르게 보였다. 엄마의 친구이자 영혼의 동반자이다. 잘해주고 싶다. 나비가 엄마 곁에서 오래오래 살았으면 좋겠다.

"

이제 글쓰기라는 새로운 마라톤에 도전하며
포기하지 않고 완주해
결승점을 통과하는 그 희열감을
다시 한 번 느껴보고 싶다.

"

제인 오스틴, 『이성과 감성』
윤지관 옮김
민음사

사랑과 결혼의 함수

"엄마, 아빠를 사랑해서 결혼했어?"

"음, 사랑하지 않고 어떻게 결혼하겠어?"

"아빠와 얘기가 다르네. 아빠는 결혼할 나이가 돼서 엄마랑 결혼한 거래."

사랑에 관심이 많은 큰아이가 했던 질문이다. 남편이 서른다섯, 내가 서른하나일 때 우리는 만났다. 결혼할 무렵 우리에게는 모아둔 돈이 없었다. 그렇다고 부모에게 지원받을 상황도 아니었다. 두 사람이 직장이 있으니 결혼해도 괜찮다고 생각했다. 연애 기간이 짧은 탓에 결혼 후에 성격과 기질 차이로 많이 다퉜다.

엘리너와 매리엔 두 자매의 사랑과 연애를 그린, 제인 오스틴의 『이성과 감성』을 읽었다. 서로 다른 삶의 방식을 통해 진실한 사랑을 찾아가는 과정이 흥미롭다. 19세기 영국의 한 도시에 사는 귀족 대시우드는 병으로 자리에 눕는다. 법원의 명령으로 재산과 영지를 전처의 아들인 존 대시우드에게 상속한다. 미망인이 돼버린 대시우드 부인과 세 딸 엘리너, 매리엔, 마가렛은 거지 신세로 전락한다. 대시우드는 죽기 전 아들 존 대시우드에게 부인과 세 자매를 부탁하지만, 존 대시우드는 외면한다. 첫째 엘리너는 현실 감각이 뛰어나고 합리적이다. 둘째 매리앤은 감성적이며 열성적이다.

언니 말을 들으니까 이런 생각이 들어. 정말 소중한 걸 상실하고도 쉽게 다른 무엇으로 메워 버리는 셈인데, 그렇다면 언니의 결단력이라거나 자제력 같은 것이 어쩌면 놀랄 만한 것이 아닐지도 몰라. 그 정도라면 나라도 이해하고도 남겠는걸. p.340

언니한테 그렇게 못되게 굴었다니! 언니가 누군데! 나한테 유일한 위안이었고, 내가 비참할 때엔 늘 옆에 있어 주었고, 나 때문에 힘들게만 보였던 언니한테! 이게 내가 보여준 감사라니! 언니한테 한 유일한 보답이 고작 이거야? 언니의 미덕이 홍수처럼 밀려오니까 그저 한사코 벗어나 보려고 했나 봐. p.341

신중하고 차분한 앨리너는 우유부단하지만 온화한 에드워드와 사랑에 빠진다. 에드워드는 세 자매를 내쫓은 존 대시우드의 처남이자 올케언니의 남동생이다. 올케인 패니는 남동생 에드워드가 별 볼 일 없는 가문의 여성과 사귀는 일이 탐탁지 않다. 이성적인 앨리너와 에드워드는 서로의 감정을 나누며 사랑의 열매를 맺는다. 한편, 메리앤에겐 두 명의 사랑이 찾아온다. 독신인 브랜든 대령이 메리앤에게 사랑을 구하지만, 열정적인 사랑을 꿈꾸는 메리앤은 대령에게 관심이 없다. 그 대신 잘생긴 윌로비에게 끌린다. 윌로비는 메리앤과 헤어지고 다른 여자와 결혼한다. 메리앤은 상처를 받지만, 자신을 헌신적으로 지켜주는 브랜든 대령의 진심을 이해하고 결혼한다.

그래 하지만 내가 사랑한 사람이 그분만은 아니지, 나한테는 지켜주고 싶은 소중한 사람들도 있으니까 내가 힘든 일을 겪고 있어도 알리지 않았던 거야. 그러는 편이 더 마음 편했으니까, 지금은 그 생각을 하고 그 일에 대해서 말해도 그냥 덤덤해, 나 때문에 네가 힘들어하지는 말았으면 좋겠어. p.339

우리 부부는 기질이 다르다. 남편은 감성적이고, 나는 이성적이다. 둘이 다투면 남편은 감성에 호소하지만, 나는 논리적으로 따진다. 지금 생각하면 불필요한 감정 소비였다. 결혼 생활 30년을 향해 가는 요즘 누가 이성적이고, 누가 감성적인지 모호하다. 이제 각자의 고유한 정체성을 상실하고 희석되어 서서히 늙어간다.

원룸에 사는 아이가 중간고사를 마치고 집에 왔다. 남편은 농산물 도매시장에 가서 아이가 좋아하는 생선과 채소, 과일을 한 아름 안고 집에 들어왔다. 남편은 아이가 오기 전부터 도라지와 고사리나물을 무치고 생선을 다듬었다. 아이가 집에 머무는 동안 식탁은 풍성했다. 토요일 아침의 일이다. 나는 평소처럼 책상에 앉아 글을 썼다. 남편은 한우를 사오더니 저녁에 아이를 위해 고기를 구워달라고 주문했다. 써놓은 글을 고치다 보니 몇 시간이 훌쩍 가버렸다. 꿈쩍도 하지 않는 내게 기대하기를 포기했는지 남편이 저녁을 준비했다. 고기 굽는 냄새가 문틈으로 솔솔 스며들었다. 슬그머니 나가서 노릇노릇하게 구워진 고기를 덥석 주워 먹었다. 작은 아이에게 말했다.

"네가 집에 와야 소고기를 먹을 수 있네."

연애와 결혼의 문제가 비단 두 사람 사이의 연애 감정의 문제만이 아니라 경제적 요인과 풍습의 힘에 피할 수 없게 되어 있다는 것을 실감하게 된다. p.497

엘리너와 메리앤의 자매를 통해 이성과 감성을 생각한다. 연애와 결혼은 낭만적 사랑뿐 아니라, 현실적이고 경제적 측면도 고려해야 한다. 남편과 나는 남은 인생 동안 이성과 감성의 적절한 균형을 유지해야 한다. 그게 우리 결혼 생활의 책임이자 의무다.

내 사색의 목표는 나 자신밖에 없었고,

나는 나 자신만을 살펴보고 연구해 본다.

그리고 내가 다른 일을 연구한다면,

그것은 바로 자신에 적용해 보기,

또는 적절히 말하자면,

내 자신 속에 적응하기 위해서 하는 일이다.

-몽테뉴

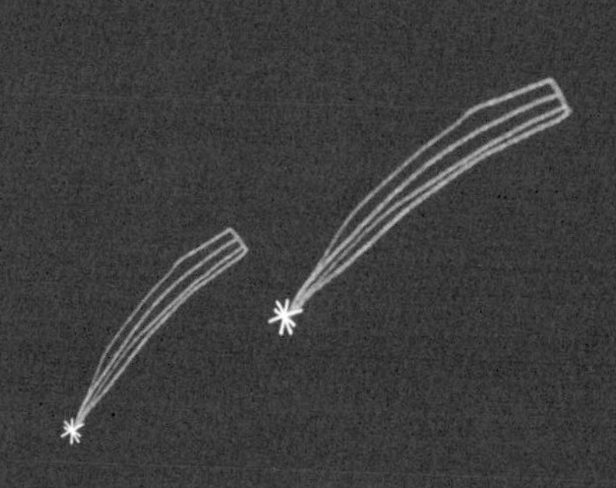

미래를 향해, 과거를 향해

3부

서머싯 몸, 『케이크와 맥주』
황소연 옮김
민음사

가시밭길의 유일한 자유인

글을 쓰면서 달라진 게 있다. 내면에 꽁꽁 묶어두었던 쓰디 쓴 기억을 살며시 꺼내 마주하는 힘이 생겼다. 소소한 일상 이야기를 이제는 스스럼없이 풀어낼 수 있다. 경험과 사유의 지평을 넓혀가며 정체성이 뚜렷한 글을 쓰고 싶다. 삶의 궤적을 통해 나만의 문양과 문체가 드러나는 글을 쓰고 싶다. 원하는 삶, 되고 싶은 존재로의 변화, 하고 싶은 일들을 마음껏 추구하며 온전한 삶을 누리고 싶다.

케이크와 맥주는 친숙하다. 케이크를 상상하면 하얀 생크림에 싱싱한 딸기 한 조각 올린 이미지가 떠오른다. 케이크는 결혼이나 생일 같은 기념일에 빠지지 않는다. 퇴근하고 직장에서 받은 스트레스를 날리기 위해 하얀 파도가 철썩이는 바닷가에서 홀짝 홀짝 마시는 맥주의 맛은 얼마나 좋은가. 그런 상상을 하며 윌리엄 서머싯 몸의 『케이크와 맥주』를 펼쳤다.

화자는 어센든이다. 에드워드 드리필드는 노년이 되어 유명해진 소설가다. 동료 작가 앨로이 키어는 드리필드의 전기를 집필하고자 한다. 키어는 글 쓰는 데 필요한 자료나 정보를 얻으려고 어센든에게 연락한다. 이야기는 어센든의 어린 시절로 거슬러 올라간다. 어센든은 영국 소도시 블랙스터블에서 목사인 삼촌과 살았다. 어센든은 에드워드 드리필드 부부와 친하게 지낸다. 그 시절 드리필드는 무명 작가였다. 그런 어느 날 트래퍼드 부인이 드리필드를 후원한다. 그녀는 드리필드에게 대중이 원하는 작품을 쓰라고 요구한다. 드리필드의 작품은 세상의 빛을 얻는다. 첫째 부인 로지가 다른 남자와 도망가고, 드리필드는 둘째 부인 에이미와 결혼한다.

나는 대단한 소설가가 아닙니다. 거장들과 비교하면 나란 존재는 하찮죠. 나도 언젠가는 정말 대단한 소설을 쓸 수 있을 거로 생각했지만 그런 희망은 오래전에 접었습니다. 사람들이 내가 최선을 다한다는 걸 인정해 준다면 그것으로 충분해요. 나는 정말 노력합니다. 허술한 건 어느 하나 지나치지 못하죠. 나는 좋은 이야기를 할 수 있고 그럴듯한 인물을 창조할 수 있을 것 같긴 합니다. 결국은 결과가 말해

주겠지요. p.21

글 쓰는 작업은 고통과 인내가 따른다. 책 한 권을 출간하고 소리 없이 사라지는 작가도 있지만, 꾸준히 책을 내는 작가도 있다. 작가의 삶과 일상에 대해 생각하게 만들어준 책이었다. 작가라면 누구라도 세기와 시대를 뛰어넘어 수많은 독자에게 사랑받고 싶지 않을까?

작가의 삶이란 가시밭길이다. 우선 가난과 세상의 냉대를 견뎌야 한다. 어느 정도 성공을 거두고 나서는 살얼음판을 걸어야 한다. 그리고 변덕스러운 대중에 휘둘린다. (중략) 하지만 작가는 한 가지 보상을 얻는다. 뭔가 마음에 맺힌 것이 있다면 괴로운 기억, 친구를 저런 세상으로 떠나보낸 슬픔, 짝사랑, 상처받은 자존심, 배은망덕한 인간에 대한 분노, 어떤 감정이든, 어떤 번뇌든 그저 글로 풀어 버리기만 하면 된다. 그걸 소설의 주제로, 수필의 소재로 활용하면 모든 걸 잊을 수 있다. 작가는 유일한 자유인이다. p.298

작가는 자신의 삶을 주인공에게 투영시켜 이야기를 전개하거나 가상 인물을 만든다. 작가는 자신만의 관점을 통해 세상에 글을 내놓는다. 작가는 지속해서 글을 쓰는 사람이다. 글쓰기 재능이 없는 나는 신변잡기나 일기 같은 글을 쓴다. 아직 실력은 없지만, 꾸준히 쓰다 보면 좋아질 거라고 믿는다.

성공한 작가는 반드시 위대한 작가는 아니다. 한 시대를 풍미했으나 역사의 뒤안길로 사라진 무수한 작가들이 이를 뒷받침한다. 서머싯 몸에게 둘의 확연한 차이는 '지속성'에 있다. 그는 성공을 넘어 위대함으로 나아가려면 처세술만으로는 부족하며, 위대한 작가는 오랫동안 살아남는다고 보았다. p.308

소설 속에 쾌락과 유희를 대변하는 인물이 있다. 바로 드리필드의 첫 번째 부인인 로지 드리필드다. 그녀는 자유롭게 여러 남자를 동시에 만나면서도 죄책감이나 위축되는 모습을 찾아볼 수 없다. 로지는 누군가를 미워하거나 험담할 줄도 모른다. 슬픔이나 증오 같은 부정적 감정을 마음에 담지 않는 천진하고 해맑은 인물이다. 로지는 어센든과 연인으로 지낸 적이 있다. 로지의 자유분방한 행동에 질투를 느끼는 에센든을 로지가 달래는 장면이 인상적이다.

안달하고 질투하는 건 바보나 하는 짓이야. 지금 얻을 수 있는 것에 만족하면 안 돼? 기회가 있을 때 인생을 즐겨야지. 어차피 100년 후엔 우리 모두 죽을 텐데 뭐가 그리 심각해? 할 수 있을 때 우리 좋은 시간 보내자. p.224

머지않아 직장에서 벗어나면 그물에 걸리지 않는 바람처럼 자유롭게 살고 싶다. 자유란 자신이 하고 싶은 것을 마음대로 하는 것이 아니다. 직장은 사라지고 온전한 자유 시간 속에서 읽고 쓰는 일상이 한낱 꿈일 수도 있다. 그러나 상상 그 자체만으로도 즐겁다. 그게 진정한 자유인의 삶이 아닐까?

호메로스, 『오뒷세이아』
천병희 옮김
숲

삶의 바다 한가운데서

검푸른 바다 위에 흰 파도가 넘실거리며 춤을 추고, 밀물과 썰물이 오가면서 파도를 삼키며 내뱉는다. 한차례 태풍이 다가오면 바다는 성난 파도를 끌어안고 요동친다. 그러다가 순식간에 바다는 침묵을 지키며 죽은 듯이 고요하다.

평온한 오후 태양 빛을 한 몸에 받은 바다는 은은한 빛을 내밀며 환하게 웃는다. 필멸하는 인간의 삶에서 고난을 극복하고 역경이 불쑥 찾아와도 헤쳐 나갈 힘을 키우고 싶다. 삶은 전쟁터나 다름없다. 하나의 문제를 해결하면 또 다른 수만 가지의 일이 주위에서 맴돈다. 넘치는 인생의 파도를 가르며 살아가는 일상에서는 불안이 늘 앞선다. 어떤 삶을 살고 싶은가? 진정 나다운 삶을 살고자 나 자신의 정체성을 탐색하는 중이다. 정년퇴직이 얼마 남지 않았다. 지금까지 질투와 경쟁의 도가니에서 살아남기 위해 몸부림쳤다. 은퇴 후에는 삶을 스스로 개척하며 살고 싶다.

호메로스의 양대 서사시 중의 하나인 『오뒷세이아』를 읽었다. 『일리아스』가 10년 동안의 트로이 전쟁을 그렸다면 『오뒷세이아』는 트로이 전쟁을 마치고 고향인 이타케 섬으로 돌아오는 오뒷세우스의 이야기를 담는다. 이 책은 총 24권으로, 1권에서 4권까지는 텔레마코스가 아버지 오뒷세우스의 생사를 확인하려고 고향을 떠나는 과정을 그린다. 5권에서 12권까지는 오뒷세우스의 험난한 여정이 서술되어 있다. 13권에서 24권까지는 오뒷세우스의 귀향, 복수, 가족 상봉 이야기가 펼쳐진다. 오뒷세우스는 트로이 목마를 고안해 그리스를 승리로 이끈 지략이 뛰어난 인물이다. 귀향 과정에서 포세이돈, 요정 칼립소, 마녀 키르케, 괴물 스퀼라를 만나 공격과 방해를 받으며 온갖 위험을 겪는다.

나는 집에 돌아가서 귀향의 날을 보기를 날마다 원하고 바란다오. 설혹 신 중에 어떤 분이 또다시 포도줏빛 바다 위에서 나를 난파시킨다 해도 가슴 속에 고통을 참는 마음이 있기에 나는 참을 것이오. 이미 파도와 전쟁터에서도 많은 것을 겪고 많은 고생을 했소. 그러니 이들 고난에 이번 고난이 추가될 테면 되라지요. p.141

오뒷세우스는 어떤 고난과 역경이 펼쳐져도 포기하지 않고 앞으로 향한다. 누구나 삶의 항해에서 어렵고 힘든 일에 직면한다. 좌절도 하지만, 현실을 받아들여야 한다. 검푸른 바다에서 세찬 파도가 배를 난파시켜도 어려움을 견디며 극복해야 한다. 굳건한 정신을 소유하면 어떤 고난이 닥쳐도 견딜 수 있음을 이야기해준다.

기억에 남는 장면이 몇 군데 있다. 첫째, 이타케 왕인 오뒷세우스가 원정을 떠난 이후 귀환이 지연되자 그가 죽었을 것으로 생각하고 페넬로페와 결혼하려 구혼자들이 몰려와 아우성치는 모습이다. 페넬로페는 시아버지의 수의를 짜는 일이 끝나면 그때 생각해보겠다고 시간을 끈다. 생사도 알 수 없고 언제 돌아올지도 모르는 남편을 기다리는 현모양처의 정숙함이 돋보인다.

둘째, 페넬로페가 텔레마코스를 다시 만나는 장면이다. 페넬로페는 아들을 얼싸안고 눈물을 흘리며 남편 소식을 들려달라고 한다.

네가 왔구나, 내 눈의 달콤한 빛인 텔레마코스야! 사랑하는 아버지의 소식을 쫓아내 뜻을 거슬러 몰래 배를 타고 퓔로스에 간 뒤 나는 너를 다시는 못 볼 줄 알았다. 자, 너는 네가 본 대로 나에게 빠짐없이 말해다오. p.404

구혼자들이 비아냥대지만, 오뒷세우스는 굴복하지 않는다. 사려 깊은 페넬로페처럼 그는 몇 번씩이나 심사숙고한다. 구혼자들에게 파멸을 안겨 줄 방법을 거듭 고뇌하고, 그들에게 기분 좋게 복수할 시간을 기다린다. 부랑인과 한판 붙는 장면도 멋지고 흥미롭다. 오뒷세우스는 마침내 페넬로페를 극적으로 만난다.

여보! 아직은 우리의 고난이 다 끝난 것이 아니라오. 앞으로도 헤아릴 수 없이 많은 노고가 닥칠 것이고 아무리 많고 힘들더라도 나는 그것을 모두 완수해야 하오. p.543

셋째, 오뒷세우스의 친구 멘토르의 역할이다. 오뒷세우스는 트로이 원정에 떠나기 전에 충직한 친구인 멘토르에게 어린 아들인 텔레마코스의 교육과 집안의 일을 부탁한다. 오랫동안 오뒷세우스가 전쟁터에서 돌아오지 않자, 수많은 구혼자가 밤낮으로 잔치를 벌이며 궁전을 혼란스럽게 만든다. 이때 아테나 여신은 멘토르의 모습을 빌어 텔레마코스를 격려하며 조언한다. 이 장면에서 내 주위에 용기와 격려를 해주는 사람이 누구인가를 생각해 볼 수 있었다. 나도 누군가에게 멘토르의 역할을 해주고 싶다. 슬기로운 텔레마코스처럼, 사려가 깊은 페넬로페처럼, 지략이 뛰어난 오뒷세우스처럼, 나도 지혜를 배우고 싶다.

텔레마코스, 장차 자네는 무능하거나 어리석지 않을 것이네. 진실로 자네 부친의 고귀한 용기가 자네 혈관을 흐른다면 말일세. 그분은 자신의 말과 행동을 성공적으로 실현하셨으니까. 그렇다면 자네의 여행도 결코 헛되거나 무익하지 않을 것이네. 자네가 그분과 페넬로페의 아들이 아니라면 자네가 뜻을 이루리라고 나도 기대하지 않겠지. p.58

오뒷세우스가 트로이 전쟁을 마치고 자신의 안식처를 찾아가듯, 머지않아 나도 전쟁터 같은 직장을 떠나 마음의 고향으로 돌아간다. 오뒷세우스의 여정은 가시덤불이 우거진 길처럼 험난하다. 하지만 그는 고향에서 기다리는 아내와 아들 때문에 파도를 헤치며 목적지를 향해 나아간다. 은퇴 후 글 쓰는 꿈을 이루려면 포기할 수 없다. 새로운 꿈을 찾아가는 모험에서 건강 악화나 무기력, 의지 부족 등의 좌절이 기다릴 수 있다. 자신을 방해하는 신들의 유혹을 뿌리치고, 자기 의지대로 떠나는 오뒷세우스의 삶에서 슬기로움을 배운다.

인간은 『오뒷세이아』 덕분에 삶과 운명을 표현하는 두 가지 비유를 얻게 되었으니, 그것은 '여행과 바다'이다. (중략) 오뒷세이아를 이끄는 힘은 세계와 인간에 대한 호기심에서 비롯된다. 알 수 없는 존재들이 사는 무서운 곳을 찾아가 오뒷세우스는 그것을 직접 눈으로 보고 온몸으로 확인하고 이해하고 싶어 한다. 작품 전반에 배어 있는 그의 호기심에 주목해 보면 오뒷세우스는 인류 최초의 '문명인'이다.

이야기 중심에는 오뒷세우스의 지혜와 재능, 빛나는 아이디어가 있는데, 끊임없는 선택에서 그가 마침내 살아남는 힘의 원천이기도 하다. 『오뒷세이아』에서 신들이 아닌 인간 '스스로'가 선택하는 모험과 도전이 두드러진다. p.21

집 근처 산책길을 따라가면 드넓은 백사장과 바다를 만난다. 그곳을 걸으면서 내 인생의 바다로 풍덩 뛰어든다. 밀물과 썰물이 넘나드는 바다의 한가운데서 폭풍우와 비바람이 휘몰아쳐도 견디고 극복해 낸 오뒷세우스의 용기와 도전을 떠올렸다. 과거에 꾸준하게 해 왔던 일 뿐만 아니라 용감하게 견뎌야만 했던 시련과 아픔의 실체까지도 이제 나는 사랑한다. 그런 고통과 인내는 무엇과도 바꿀 수 없는 나의 소중한 자산이다. 고난과 역경을 발판삼아 가고자 하는 목적지에 도착할 때까지 포기하지 말아야 한다. 인생은 멀리 떠나는 항해와 같다.

“

지금까지 질투와 경쟁의 도가니에서
살아남기 위해 몸부림쳤다.
은퇴 후에는 삶을 스스로 개척하며 살고 싶다.

”

찰스 디킨스, 『어려운 시절』
장남수 옮김
창비

루이자, 절대 궁금해 하지 마라!

시골 읍내에 있는 유일한 중학교에 다녔었다. 인근 행정구역에 있는 네 개의 초등학교 졸업생은 모두 이 학교에 입학했다. 당시에는 남학생 세 개 반과 여학생 두 개 반이 있었는데, 학생 수는 한 반에 70여 명 정도였다. 콩나물시루처럼 빽빽한 교실에서 하루를 보내야 했다. 그 시절 숙제를 많이 내기로 유명한 선생님이 있었다. 호리호리한 키에 무테안경을 낀 선생님은 앞머리가 살짝 내려와 회초리를 들 때마다 머리가 흘러 내렸다. 우리는 그날도 어김없이 영어 단어 50개를 외워야 했다. 그는 항상 살 나듬어진 몽둥이를 듣고 나타났다. 그 시절 그 선생님의 몽둥이를 피해 갈 수 없었다. 깨알 같은 글씨를 칠판에 써놓으면 우리는 노트에 바쁘게 옮겨 적고 정신

없이 외워야만 했다.

찰스 디킨스의 『어려운 시절』은 산업혁명 시대를 거친 영국 자본주의 사회에서 인간이 겪는 다양한 소외와 갈등을 다룬다. 코크타운은 덜컹거리는 증기기관과 높은 굴뚝의 도시다. 사실과 계산의 원칙에 의해서만 작동한다. 토머스 그래드그라인더는 물질주의를 상징하는 인물로 공리주의 철학을 대변하는 사람이다. 그는 딸 루이자와 아들 톰에게 자신의 신념을 주입한다. 두 아이는 아버지의 가르침대로 차가운 이성만 키우고 상상과 애정을 알지 못한 채 자란다.

자네는 모든 면에서 통제받고 지배받아야 해. (중략) 상상이란 단어를 완전히 버리도록. 상상과 자네는 아무 관계도 없으니까. p.19

딸 루이자는 사업가 바운드비와 애정 없는 결혼을 한다. 그녀는 자신이 배운 공리주의 교육 방식에서 결핍을 느끼고 비판적인 입장으로 돌아선다. 세상에 대해 새롭게 눈을 뜨지만 어떻게 살아야 할지 고뇌에 빠진다. 한편, 아들 톰은 방탕한 생활에 젖는다.

루이자, 절대 궁금해 하지 마라! 감정이나 정서를 계발하는 데에는 조금도 신경 쓰지 않으면서 이성만을 교육하는 기계적인 기술과 불가사의의 근원이 여기에 있는 것이다. 절대 궁금해 하지 말

라. 덧셈, 뺄셈, 곱셈, 나눗셈으로 모든 일을 그럭저럭 해결한 다음에는 절대 궁금해 하지 말라. 이제 막 걷기 시작한 저기 저 아이를 데려와라. 그러면 그 아이가 절대 궁금해 하지 않도록 내가 책임지겠다. p.86

내가 다니던 중학교는 남녀 공학이었다. 공부에 관심이 없는 몇몇 친구는 선생님의 눈길을 피해 남학생과 어울려 다녔다. 가끔은 발각되어 교무실에 불려 가서 회초리를 맞고 시무룩한 표정으로 돌아오곤 했다. 내겐 그럴 숫기조차 없었다. 주어진 환경에 순응하면서 교과서를 꺼내 영어단어를 외우고, 수학 공식을 풀거나 암기 노트를 정리했다. 왜 영어단어를 외워야 하고, 수학 문제를 풀어야 하는지 조금도 의심하지 않았다. 숙제는 꼬박꼬박 했었다. 고등학교 시절도 다를 바 없었다. 수백 개의 영어단어와 수학 공식을 줄줄 외우면서 여고 시절을 보냈다. 직장에서 일하면서도 정해진 법과 규칙 안에서 내게 주어진 일을 하면서 불만 없이 지냈다.

나의 학창 시절을 되돌아보며 두 아이만큼은 그런 시간을 겪지 않기를 바라는 마음이 간절했다. 큰아이의 고등학교 입학을 앞둔 시기였다. 내신 성적이 좋지 않아 인문계에 보낼 수가 없었다. 아이와 의논해 특성화 고등학교에 보냈다. 대부분 부모는 자녀를 특성화 고등학교에 보내고 싶어 하지 않는다. 큰아이는 학교 수업을 마치고 하고 싶은 공부를 위해 입시와 무관한 일본어와 중국어 학원에 다녔다. 학교에 다니며 일본어와 중국어 능력 시험에 합격해 자신감을 얻었다. 큰아이와 세 살 터울인 작은 아이는 인문계를 지원하려고 했다. 그때도 나는 작은 아이에게 특성화 고등학교를 권유했다. 작은 아이는 특성화 고등학교에서 주체적으로 공부하면서 원하는 대학과 전공과목을 잘 찾아갔다.

이 책에 등장하는 매력적인 인물은 자유로운 영혼의 소유자 곡마단 소녀 씨씨다. 그녀는 광대인 아버지에게 버림받고 토머스 그래드그라인드의 집으로 입양된다. 그녀는 어려서부터 말들과 함께 자란 까닭에 말에 관한 모든 것을 안다. 하지만, 수업 시간에 말[馬]을 정의하라는 질문에 당황한다. 그녀에게 말은 늘 함께 뒹굴던 존재 그대로의 말일 뿐이었다. 다른 학생 비쩌는 말에 대해 이렇게 줄줄 읊는다.

> 네 발 짐승, 초식 동물, 이빨은 마흔 개로 어금니 스물네 개, 송곳니 네 개, 그리고 앞니 열두 개, 봄철에 털갈이하는 습지에서는 발굽갈이도 함, 발굽은 단단하지만, 편자를 대어부터야 함. 나이는 입 안쪽의 표시로 알 수 있음. p.15

두꺼운 코트를 껴입고 어느 강연 모임에 참여했다. 강사는 참가자에게 10년 후 자신이 어떤 삶을 살고 있을지 상상해 글을 쓰라고 했다. 은퇴 후 아늑한 공간에서 책 읽는 풍경을 그려봤다. 그런 상상

딕분인지 그 다음 해부터 고전을 탐구하는 모임인 생각학교ASK에 입학했다. 책을 읽고 소감을 적는 서평을 썼다. 글을 제대로 쓰고 싶었다. 글을 쓰면서 은퇴 이후 어떤 삶을 살지 목표를 정했다. 지인의 추천으로 참여한 강의는 내 인생의 전환점이었다. 미래를 상상하는 글쓰기를 통해 하고 싶은 일을 찾았다. 이제 꿈을 향해 터벅터벅 걸어간다. 상상력은 삶의 동력이다.

조지 오웰, 『1984』
정회성 옮김
민음사

네가 한 일을 알고 있다

일요일 아침 전화를 받았다. 어눌한 말투로 ○○○ 지방검찰청이라고 자신을 소개하는 낯선 남자는 내가 어떤 사건에 연루되었다고 말했다. 옆에 있었던 작은 아이가 보이스피싱이라며 전화를 끊으라는 손짓을 했다. 나는 사건번호를 알려달라고 말했다. 전화기에서 뚜뚜 소리가 들렸다. 하루에도 여러 차례 기획부동산, 보험회사, 아파트 분양회사 등 낯선 전화가 온다. 도대체 내 전화번호를 어떻게 아는지 궁금하다. 무작위로 전화번호를 누른다는 말도 들었다. 가는 곳마다 내가 CCTV에 찍히고, 신용카드를 쓰면 어디에서 무엇을 샀는지 모두 기록된다. 나도 모르게 상대는 나와의 통화 내용을 녹음할 수도 있다.

『1984』는 조지 오웰이 투병 중에 집필한 마지막 소설이다. 세계 3대 디스토피아 소설로 손꼽힌다. 한 편의 스릴러 영화를 보는 것처럼 책에 몰입할 수 있었다. 전체주의 사회인 오세아니아는 허구 인물인 빅 브라더를 앞세워 당원의 모든 사생활을 통제한다. 당의 강령은 '전쟁은 평화, 자유는 예속, 무지는 힘'이다. 절대적 진리 부정과 언어 조작을 통해 국가는 국민들을 원하는 사람으로 세뇌하고 권력을 휘두른다.

윈스턴은 오세아니아의 하급 당원이다. 정부가 비록 당원의 말과 행동을 통제하더라도 마음만은 지배할 수 없다고 생각한다. 그는 당의 감시를 피해 줄리아를 만난다. 두 사람은 형제단에 가입하지만 함정에 빠진다. 사상경찰에 체포되고 오브라이언의 모진 고문과 세뇌를 당한다. 거대한 지배 체제에서 높은 벽을 넘지 못하고 그는 결국 모든 것을 받아들인다. 그는 '자유는 예속, 둘 더하기 둘은 다섯, 신은 권력'이라고 쓴다. 오래 기다렸던 총알이 그의 머리에 박히며 소설은 끝난다.

윈스턴은 빅 브라더의 거대한 얼굴을 올려다보았다. 그 검은 콧수염 속에 숨겨진 미소의 의미를 알아내기까지 사십 년이란 세월이 걸렸다. (중략) 두 줄기 눈물이 그의 코 양옆으로 흘러내렸다. 그러나 잘 되었다. 모든 것이 잘되었다. 투쟁은 끝났다. 그는 자신과의 투쟁에서 승리했다. 그는 빅 브라더를 사랑했다. p.412

기억에 남는 구절이 몇 군데 있다. 첫째, 사생활이 철저하게 감시되는 체제임에도 불구하고 윈스턴은 일기 쓰는 것을 멈추지 않았다. 이런 억압의 체제 아래서 자신은 이미 죽은 거나 다름없다고 생각한다. 자신의 사상을 지켜내고 체계화할 수 있는 유일한 방식은 글쓰기다. 글을 쓰면 좋은 점이 있다. 불편한 감정이나 복잡한 생각을 쓰면서 생각을 정리하거나 다듬을 수 있다. 특히, 신념이나 소명의식은 글쓰기를 통해 더욱 단단해진다.

미래를 향해, 과거를 향해, 사고가 자유롭고 저만의 개성이 서로 다를 수 있으며 혼자 고독하게 살지 않는 시대를 향해, 진실이 존재하고 일단 이루어진 것은 없어질 수 없는 시대를 향해, 획일적인 시대로부터, 고독의 시대로부터, 빅 브라더의 시대로부터, 이중사고의 시대로부터-축복이 있기를! p.43

둘째, 인간의 존엄과 자유를 박탈당하는 사회 체제에서도 윈스턴은 책 읽기를 포기하지 않는다. 소설에는 이런 장면이 있다. '검은색의 두툼한 책이다. 서툴게 제본된 표지에는 작가 이름도, 제목도 없다. 인쇄 상태도 고르지 않았다. 책장의 가장자리는 닳고 훌렁훌렁 쉽게 넘어가는 것으로 보아 여러 사람의 손을 거친 게 틀림없다. 첫 장을 펼치니 '과두적 집단주의의 이론과 실제'라는 제목이 눈에 띈다. 윈스턴은 읽기 시작한다.' 행동과 생각의 지배를 받으면서도 윈스턴은 책을 손에서 놓지 않는다.

그는 책에 매혹되었고, 책을 통해 기운을 얻었다. 어떤 의미에서 그 책의 내용은 새로운 것도 없었지만, 바로 그런 점 때문에 마음이 놓였다. 그 책 속에서는, 그의 머릿속에서 두서없이 되풀이되는 생각들을 체계적으로 정리할 수만 있다면 썼어도 그 자신이 썼을 글들이 들어있었다. 그 책의 작가는 그와 유사한 생각을 하고 있었다. 하지만 그보다는 훨씬 더 강한 데다 사고가 체계적이며 두려움도 없는 사람인 것 같았다. 훌륭한 책이란 독자가 이미 알고 있는 사실을 이야기해 주는 것이라고 그는 생각했다. p.276

셋째, 언어의 중요성을 강조하는 부분이다. 전체주의 국가는 사고를 통제하기 위해 언어를 조작한다. 정부는 언어를 통제하는 책을 펴낸다. 정부에서 일하는 당원은 책에 나온 언어만 사용해야 한다. 예를 들면 '좋아하다'의 반대말은 '좋아하지 않다' 하나뿐이다. 생각의 범위를 좁히는 과정을 통해 단순히 그들의 명령에 복종하는 기계를 만들고자 한다. 인간성을 존립하게 만드는 가장 밑바닥부터 철저하게 통제하려는 당의 학습 전략이다. 언어로 인간을 말살하는 과정은 무섭고 끔찍하다.

조지 오웰의 탁월한 통찰은 세대를 건너온 지금까지도 정곡을 찌른다. 세상에는 생각과 사상을 지배하는 자와 지배를 받는 자, 권력자와 무기력한 자가 있다. 나는 지금까지 누군가에게 설득당하거나 지배당하고 있었던 것은 아닌가? 그렇다면 나는 과연 어떤 선택을 해야 하는가?

허먼 멜빌, 『모비 딕』
김석희 옮김
작가정신

나의 고래와 싸울 때

퇴직한 선배가 부럽다. 머지않아 내게도 그런 시간이 다가온다. 퇴직을 앞두고 준비해야 할 게 많다. 책도 읽고, 글도 쓰고, 악기도 배우고, 영어 공부도 하고 싶다. 나이를 먹어도 하고 싶고 배우고 싶은 게 많다. 나이 탓에 열정만큼 건강이 따라주지 않는다. 시도는 많지만 제대로 하는 게 없다. 책을 읽지만 깨달음이 부족하다. 주말에는 책 읽는 데 집중하면 글 쓰는 시간이 모자란다. 쓰기에 시간을 들이면 독서가 소홀해진다. 하고 싶은 일, 해야 할 일은 슬그머니 뒷전으로 밀린다. 튼튼한 나무를 키우기 위해 가지치기가 필요하듯 내 일상도 선택과 집중의 가지치기가 필요하다.

『모비 딕』의 화자는 이슈마엘이다. 그는 우여곡절 끝에 포경선 피쿼드호에 합류한다. 선장 에이해브는 전설의 흰고래 모비 딕을 쫓는다. 선장은 모비 딕과 겨루다가 한쪽 다리를 잃은 상처 때문에 복수심에 들끓는다. 선장과 선원들은 모비 딕을 찾아내 죽이고자 전의를 불태운다. 그들 앞에서 모비 딕은 조롱하듯 쉽사리 정복되지 않는다. 마침내 모비 딕을 찾아내 쫓고 쫓기는 상황이 벌어진다. 첫날과 둘째 날 보트 몇 대가 파괴된다. 선원들이 죽지만 선장의 집념은 그칠 줄 모른다. 사흘째 되는 날 선장은 마지막 보트를 타고 모비 딕에게 작살을 던진다. 선장의 목에 작살 줄이 감기고 선장은 모비 딕과 함께 바닷속으로 사라진다.

선과 악, 명령과 복종, 운명과 자유, 승리와 패배, 자연의 위대함과 인간의 나약함, 도전과 용기 등의 요소가 작품 안에서 치열하게 대립한다. 마치 내 삶이 선장과 모비 딕의 처절한 승부처럼 느껴졌다.

새로운 항해가 준비되고 있음을 알려주고 있었다. 세상에서 가장 위험하고 긴 항해가 끝나면 두 번째 항해가 시작된다. 두 번째가 끝나면 세 번째가 시작되고, 그렇게 영원히 계속된다. 그렇게 끝없이 이어지는 것, 그것이 바로 견딜 수 없는 세상의 노고이다. p.99

육아에 지친 부모는 아이가 빨리 크기를 바란다. 자녀가 성인이 되어도 부모는 걱정과 불안으로부터 벗어날 수 없다. 직장 생활도

크게 다를 바가 없다. 입사해 우물쭈물하다 일하다 보면 어느새 퇴직이 다가온다. 은퇴 이후 무엇을 해야 할지 몰라 난감하다. 정신없이 살아온 삶을 잠시 되돌아본다. 지금까지 힘들 때마다 어떻게든 고비를 넘겨왔다. 잠시뿐인 평온함은 사라지고 다시 새로운 항해를 준비해야 한다. 삶은 끝이 없는 항해다.

선장 에이해브는 목표 지향적이다. 자신의 목적과 욕망을 채우기 위해 목숨도 아까워하지 않는다. 그는 열여덟 살에 결혼했다. 가족과 떨어져 사십 년 동안 바다에서 고래잡이로 살았다. 반면 일등항해사 스타벅은 합리적이다. 복수심으로 이글거리는 선장에게 모비 딕을 포기하고 고향으로 돌아가자고 설득한다.

나의 선장님! 고귀한 영혼이여! 위대한 정신이여! 그 가증스러운 고래를 무엇 때문에 추적해야 합니까! 저와 함께 갑시다! 이 치명적인 바다에서 도망칩시다! 집으로 돌아갑시다! 스타벅에게도 처자식이 있습니다. 형제자매처럼 정답고 어린 시절의 놀이 친구 같은 처자식입니다. 선장님은 늘그막에 얻은 처자식을 자애로운 아버지처럼 깊이 사랑하고 간절히 보고 싶어 하시죠! 함께 돌아갑시다! 지금 당장 진로를 바꾸게 해주십시오. p.645

나는 어떤 일을 시도할 때 부족한 부분을 채우고 싶어 무엇이든 열심히 배우려고 노력해왔다. 결과가 만족스럽지 못하면 더 노력했다. 거친 인생의 바다에서 에이해브 선장처럼 모비 딕을 쫓았다. 마음속의 모비 딕을 잡으려고 무던히 애써온 지난 세월이 소설과 겹쳐 보인다.

오오, 고독한 삶의 고독한 죽음! 오오, 내 최고의 위대함은 내 최고의 슬픔 속에 있다는 것을 지금 나는 느낀다. 허허, 지나간 내 생애의 거센 파도여, 저 먼 바다 끝에서 밀려들어와 내 죽음의 높은 물결을 뛰어넘어라! 모든 것을 파괴하지만 정복하지 않는 고래여! 나는 너에게 달려간다. 나는 끝까지 너와 맞붙어 싸우겠다. 지옥 한복판에서 너를 찔러 죽이고, 증오를 위해 내 마지막 입김을 너에게 뱉어주마. 관도, 관대도 모두 같은 웅덩이에 가라앉혀라! 어떤 관도, 어떤 관대도 내 것일 수는 없으니까, 빌어먹을 고래여, 나는 너한테 묶어서도 여전히 너를 추적하면서 산산조각으로 부서지겠다. 그래서 나는 창을 포기한다! p.682

모비 딕은 잡힐 듯 잡히지 않는 희망이나 꿈 혹은 행복일 수도 있다. 지금껏 치열한 일상을 보내느라 가족보다 나를 살피는 위해 시간을 더 많이 사용했다. 남편은 모비 딕을 잡는 것에 힘든 시간을 보내지 말라고 충고한다. 가끔은 남편이 일등 항해사 스타벅처럼 느껴진다. 또 어떤 날에는 나를 관찰하고 지켜보는 이슈메일 같다.

신이여, 내가 아무것도 완성하지 않도록 보살펴 주소서! 이 책도 전체가 초고, 아니 초고의 초고일 뿐이다. 오오, 시간과 체력과 돈과 인내를! p.294

이제 나이가 있어 뜨거운 열정과 시간, 체력과 에너지를 적절하게 배분할 줄 안다. 좌절하는 마음이 불쑥불쑥 찾아와도 포기하지 않는다. 누가 읽어도 편안한 글을 쓰고 싶다. 그렇지만 현실의 내 모습은 무언가 삐그덕거리는 글을 쓴다. 아직 초보니 그럴 수 있다고 스스로를 다독인다. 그렇게 생각하면 조급한 마음을 내려놓을 수 있다.

고전을 만나기 전에는 어떻게 살아야 할지 뚜렷한 지향이 없었다. 이제는 책을 읽으면서 어떤 게 행복한 삶인지 고민한다. 글을 쓰면서 내 삶의 정체성을 자주 생각한다. 나는 어정쩡하게 보낸 수십 년 지난 세월에 대한 후회와 공허함에 맞서 싸우고 있는지 모른다. 선장 에이해브도 고래와 싸우면서 자신의 삶을 옥죄어오는 허무와 싸우고, 공허감에 복수하려는 것일지 모르겠다.

요즘의 일상이 고래잡이 같다. 반복되는 일상에서 다양한 종류의 고래를 만난다. 그들과 싸워야 할 때도 있지만, 결국 내가 바라는 것은 거친 바다와 파도를 넘나들며 어려운 고비를 이겨내고 삶의 지혜를 쌓고 싶다.

소설의 결말은 간단하다. 목적을 향해 전력 질주한 선장 에이해브와 선원들은 모두 비참하게 죽는다. 스스로에게 다독이며 묻는다. 선장 에이해브의 삶을 선택할 것인가? 일등 항해사 스타벅의 삶을 살 것인가?

“

미래를 상상하는 글쓰기를 통해
하고 싶은 일을 찾았다.
이제 꿈을 향해 터벅터벅 걸어간다.
상상력은 삶의 동력이다.

”

안토니오 스카르메타, 『네루다의 우편배달부』
우석균 옮김
민음사

그게 은유야

시집을 읽으면서 멋진 표현을 만나면 탄복한다. 시는 언어의 정수다. 삶은 시이고, 시는 삶이다. 이제 누구나 시를 쓰는 시대다. 가끔은 나도 시를 쓸 수 있다는 터무니없는 생각을 한다. 시를 쓰지는 않지만, 시를 쓰고 싶은 마음은 있다.

이창동 감독의 영화 「시詩」를 봤다. 주인공 미자는 작은 도시의 서민 아파트에서 중학생 손자와 산나. 그녀는 어느 날 동네 문화원에서 우연히 '시' 강좌를 듣는다. 시심詩心을 찾기 위해 일상을 지켜본다. 여든여섯이 될 때까지 한 번도 시를 쓰지 않았던 그녀에게 시 쓰기는 도전이고 용기다. 영화에서 시 쓰기 강사인 김용택 시인이 했던 말을 기억한다.

"시를 쓴다는 것은 진정한 아름다움을 찾는 것입니다. 시를 쓰기 위해서는 잘 봐야 해요. 우리가 살아가는 데 제일 중요한 것은 보는 것입니다."

"여러분들은 다 가슴속에 시를 품고 있어요. 시를 가둬두고 있어요. 그것을 풀어줘야 해요. 가슴 속에 갇혀 있는 시가 날개를 달고 날아오를 수 있도록 해야 해요."

작은 아이가 중3 때였다. 어느 시인협회 주관하는 청소년 백일장에 참가했다. 주제는 '별'이었다. 아이를 기다리면서 책을 읽었다. 심사 결과 아이는 고등부 금상을 받았다. 아이에게 어떻게 시를 쓰냐고 물었다.

"엄마도 시를 쓸 수 있어. 책 읽는 것을 좋아하니까. 충분히 할 수 있어."

아이의 응원 덕분에 시를 많이 읽으려고 했다. 그러나 시를 쓰고 싶다는 생각만 품고 살았을 뿐 시를 쓰지는 못했다.

마을 어부인 아버지와 함께 사는 청년 마리오가 있다. 안토니오 스카르메타의 『네루다의 우편배달부』 이야기다. 그는 칠레에서 망명 온 시인 네루다에게 편지를 매일 배달한다. 전 국민의 우상인 네루다에게 전하는 수많은 연애편지를 보며 그는 시인에게 호기심이 생긴다. 그는 시인이 되면 많은 여인의 사랑을 받을 수 있다고 생각한다. 그는 시인과 은유에 대해 이야기하면서 우정을 쌓는다. 마리오가 메타포인 은유를 사용해 베아트리체에게 사랑을 고백한다.

“미소가 얼굴에서 나비처럼 날갯짓한다.”

마리오와 베아트리체는 결혼하고 시인은 다시 칠레로 돌아간다. 마리오는 네루다의 도움 없이 자신의 삶을 살아간다. 마리오는 은유를 깨달으며 자신의 삶에 새로운 눈을 뜬다.

“메타포라고!”

“그게 뭐죠?”

“대충 설명하자면 한 사물을 다른 사물과 비교하면서 말하는 방법이지.”

“좋아, 하늘이 울고 있다고 말하면 무슨 뜻일까?”

“비가 온다는 거잖아요.”

“옳거니 그게 메타포야.”

“그렇게 쉬운 건데 왜 그렇게 복잡하게 부르죠?”

“이름은 사물의 단순함이나 복잡함과 아무 상관없거든.”

“자네의 이론대로라면 날아다니는 작은 것은 마리포사(스페인어로 나비)와 글자 수가 같은데 훨씬 더 크고 날지도 못하잖아.” p.27~28

시를 쓰고 싶다는 사그라진 열성은 다시 바람을 타고 날아왔다. 책을 읽고 메타포에 대해 생각하고 몇 자 끼적여 본다. 하지만 금세 깨달음이 온다.

'시는 아무나 쓰는 게 아니구나!'

시를 쓰고 싶은 마음은 없지 않으나 절실하지 않음을 알게 된다.

"시는 쓰는 사람의 것이 아니라 읽는 사람의 것이에요!" p.85

이 구절을 읽고 몇 권의 시집을 더 샀다. 시를 읽고 독자는 그것을 해석하고 삶을 받아들인다. 어떻게 살아야 할지 삶의 방향과 방식을 정하는 것은 독자의 몫이다. 그런 면에서 시 쓰기는 어렵고 신중함을 요구한다. 원작 소설을 배경으로 제작한 영화 「일 포스티노」도 봤다. 영화에서 청년 마리오는 시인 네루다에게 시 쓰는 법을 묻는다.

"바닷가를, 가능하면 천천히 걸으면서 관찰하게." 영화 「일 포스티노」의 대사 중에서

집 근처 바닷가를 자주 걷는데, 왜 나는 시를 쓰지 못하는가? 아직 내게는 시적 흥미로움을 일으키는 시심詩心도 인생을 관조하는 심안心眼도 없다. 인생을 더 살아봐야겠다.

공자가 말했다. "제자들아, 어째서 시詩를 배우지 않는 것이냐? 시로 사물에 빗대어 표현할 수 있고, 풍속의 성쇠를 살펴볼 수 있다. 시를 통해 많은 사람과 잘 어울릴 수 있고, 원망할 수도 있다. 가깝게는

부모를 섬길 수 있고, 멀게는 임금을 섬길 수 있다. 새와 짐승, 풀과 나무의 명칭도 많이 알게 된다." p.398

어느 시인이 매일 한 편씩 시를 노트에 필사할 것을 강조했다. 1,000편의 시를 필사하면 자신의 시가 저절로 써진다고 말했다. 지난해 10월 초부터 시를 읽고 마음에 드는 시를 노트에 적고 있다. 시를 쓸 수 있는 날이 한여름 햇살처럼 쏟아지길 기대하며.

미셸 드 몽테뉴, 『수상록』
손우성 옮김
동서문화사

나만의 치타델레는 어디인가?

두 아이가 각자 방을 쓰고 있어서 나만의 서재나 집필 공간이 없었다. 안방과 거실 또는 두 아이의 방을 메뚜기처럼 오가면서 책을 읽고 썼다. 이제 한 아이가 독립해서 나만의 공간이 생겼다. 책장과 책상을 샀다. 주말에 그 방에서 하고 싶은 일을 마음껏 한다.

미셸 드 몽테뉴의 『수상록』을 생각학교ASK 고전탐구 클래스에서 함께 읽었다. 출근 전에 한 편의 글을 읽고 생각과 느낌을 적었다. 참가자의 글을 읽고 댓글을 달며 서로의 일상을 응원했다. 각자마다 독서의 이력과 삶의 발자취가 고스란히 묻는 소감을 읽다 보면 생각할 게 많았다. 책은 107장, 1,300여 페이지 분량의 에세이가 실려 있다. 첫 장부터 순서대로 읽다 보면 작가의 방대한 지식과 사유에 놀라움을 금치 못한다. 목차를 보고 구미가 당기는 제목부터 먼저 읽었다. '술주정에 대하여, 우리 행동에 줏대 없음에 대하여, 나이에 대하여, 냄새에 대하여, 언어의 허영에 대하여, 이름에 대하여' 묵직한 철학 이야기도 나온다. 데모크리토스와 헤라클레이토스, 키케로의 고찰, 고독, 죽음 등 겹치는 부분이 없다.

몽테뉴의 진솔함과 위대함이 놀랍다. 작가는 책에서 자신을 이렇게 소개한다. '사람의 비위를 맞출 줄도, 즐겁게 해줄 줄도, 아첨할 줄도 모른다. (중략) 내게는 진심으로 말하는 재간밖에 없다.'

자기 경험을 바탕으로 그가 전해주는 깨알 같은 통찰은 독자로 하여금 자신을 들여다보게 한다. 몇 가지 배울 점을 정리해 본다. 첫째, 몽테뉴의 어마어마한 독서량이다. 작가는 '독서만큼 값이 싸면서도 오랫동안 즐거움을 누릴 수 있는 것은 없다.'라고 말한다. 책에는 고대 그리스와 로마의 신화, 철학자가 자주 나온다. 작가가 언급한 책 중에는 내가 읽지 못한 책이 많다. 읽다 보면 배경지식이 부족해 작가의 의도를 놓치기 일쑤다. 읽어야 할 책의 목록을 메모해 몇 권씩 주문한다. 책이 도착하면 시간 부족으로 차일피일 읽기를 미룬다. 한때 읽었던 책을 기억할 수 없어 독서의 효용성을 의심할 때도 있다. 작가는 '자신은 글을 좀 읽었지만, 기억력은 아주 약하다.'라는 말에 겸손함을 배우고 위안을 얻는다.

둘째, 몽테뉴는 사유의 달인이다. 역사, 문학, 철학 등 다양한 책을 섭렵한 작가 특유의 신념이나 가치를 알 수 있다. 작가는 자신을 이해하는 것이 타인을 이해하는 것이고, 세상을 이해하는 것이라 말한다. 무엇보다 놀라운 것은 '나는 무엇을 아는가?Que says-jet?' 라는 구절이다. 이는 소크라테스의 '너 자신을 알라'라는 말과 연결된다. 우리는 대부분 남의 시선에 신경 쓰며 살다 보니 나답게 살지 못한다. 몽테뉴의 에세이는 어떻게 살아야 하는지, 삶의 의미가 무엇인지, 어떤 삶이 가치가 있는지를 고민하게 해준다. 나에게 질문하는 시간이 늘어간다.

셋째, 글쓰기를 통한 내면 탐구의 여정을 배울 수 있었다. 수상록隨想錄은 그때그때의 생각이나 느낌을 적은 글이다. 작가는 책을 출간할 목적으로 이 글을 쓴 게 아니었다. 책을 읽고 생각하고, 사색하며 틈틈이 그 내용을 정리하기 위해 이 글을 썼다. 그러다 보니 주위에서 접하는 모든 일상이 주제이고 글감이다. 자기성찰, 고독, 습관 등 인간의 삶에 대한 위대한 통찰과 철학적 사유가 놀랍다. 작가는 많이 읽고, 많이 생각하고, 많이 쓰라고 말한다. 고칠수록 글은 나아진다는 사실은 불변의 진리다.

넷째, 죽음을 대하는 자세다. 몽테뉴는 친구의 죽음을 통해 충격을 받았다. 아버지의 갑작스러운 죽음에 이어 동생의 죽음에 직면한다. 결혼 후 첫 아이의 죽음을 보면서 죽음에 대해 거듭 생각한다. 변함없는 진실은 우리도 언젠가 죽는다는 사실이나. 죽음은 예기치 않게 찾아온다. 사는 동안 좋은 사람들과 멋진 추억을 쌓으면서 즐겁게 살고 싶다. 그렇다면 어떻게 살아야 하는가? 그동안 가족보다 내 이익을 앞세우며 평생 살 것처럼 행동해왔다. 정신이 번쩍 든다. 가까운 시일에 시어머니와 친정엄마를 잠깐이라도 뵙고 와야겠다.

우리 생애의 목표는 죽음이다. 이것이 우리가 향해 가는 필연적인 대상이다. 죽음이 그렇게 무섭다면 옆에 두지 않고 어떻게 한 걸음이라도 앞에 떼어 놓을 수 있을 것인가. p.91

죽음은 인생의 끝에 지나지 않으며 그 목표는 아니다. 그것은 인생의 종말, 그 극단이지 목적은 아니다. 인생은 그 자체의 목표이며 의도라야 한다. p.1,171

한동안 코로나로 오프라인에서 쉽게 모일 수가 없었다. 비대면 방식인 줌[Zoom]으로 독서 모임에 참여했다. 참여자들 모니터 화면 배경에 책을 빼곡히 채운 책꽂이가 눈에 확 들어왔다. 거실과 안방, 두 아이의 방을 점령한 책을 보니 한숨이 절로 나왔다.

몽테뉴는 성의 탑을 자신의 서재로 만들었다. 책이 귀한 그 시절에 무려 천여 권의 책을 들고 갔던 곳이 치타델레[Zitadelle]다. 그는 좁은 방에서 고독한 은둔 생활, 독서, 사색, 집필에 몰입했다. 그곳에서 죽을 때까지 지적인 삶을 누리면서 자신을 탐색하고 연구했다.

나만의 치타델레를 만들고 싶다. 아늑한 공간이 생기면 집에 여기저기 굴러다니는 책을 한 장소에 모으고 싶다. 그곳에서 몽테뉴처럼 읽고 사색하고 지적인 삶을 살고 싶다. 매일 그곳으로 출근하는 일상을 꿈꾼다. 셰익스피어, 니체, 루소와 같은 대작가들에게 몽테뉴가 많은 영감을 주었듯 내 삶도 뒤흔들어 변화시켜주기를 기대한다.

꿈을 품고 뭔가 할 수 있다면 그것을 시작하라,

새로운 일을 시작하는 용기 속에서

당신의 천재성과 능력과 기적이 모두 숨어있다.

-요한 볼프강 폰 괴테

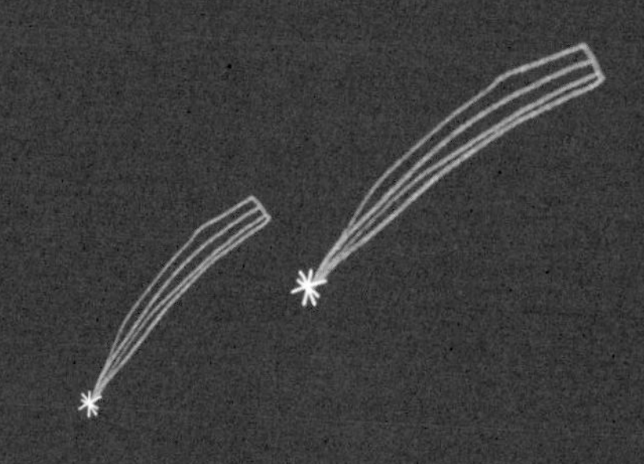

노력하는 한 방황한다

4부

루이제 린저, 『삶의 한가운데』
박찬일 옮김
민음사

수백 개의 가능성

직장으로 출퇴근을 반복하며 주말에는 운동과 취미 활동을 하면서 삶의 활력을 얻었다. 하지만 내가 무엇을 좋아하고 무엇을 하고 싶은지 잘 몰랐다. 다만, 누군가가 정한 형식 안에서 규칙을 지키며 살았다. 책을 읽고부터 생각이 변했다. 원하는 삶을 살고 싶었다. 지금보다 빛나는 삶을 살고 싶었다.

나치 체제의 암울한 시대에서 치열하게 살아간 수인공이 있다. 루이제 린저의 『삶의 한가운데』에 나오는 니나의 이야기다. 평범한 의사 슈타인은 자신과 기질이 다른 니나 부슈만을 사랑한다. 슈타인은 니나가 어린 시절부터 여인으로 성장하기까지의 18년 동안을 지켜본다. 니나는 다른 남자와 결혼하고, 나치즘과 싸우다 교도소에

간다. 그녀는 자살 기도 등 끝없이 몰락하며 매순간을 고통 속에서 살아간다. 슈타인은 한 여자의 절망적인 삶을 통해 진정한 삶이 어떤 것인지를 깨닫는다.

"물어볼 일이 있어서 왔어요. 다른 누구에게도 먼저 이야기하고 싶지 않았어요."라고 니나는 말했다. 이 짧은 두 문장이 내게 잃어버린 인생의 의미를 다시 찾아주었다는 것을 그녀는 분명 몰랐을 것이다. 그녀를 위해 못 할 일이 내게는 없었다. 무제한으로 도와주고 싶은 황홀한 감정이 나를 엄습했다. 마치 젊고 정열적인 애인이 그의 연인에게 당신을 위해 죽고 싶다고 말할 때처럼 미친 듯한 상태, 자기 자신을 버리고 싶은 상태와 같았다. p.112

세월의 흐름에 따라 삶의 의미는 조금씩 변한다. 한때 마라톤을 할 때는 삶 자체가 마라톤이라고 생각했다. 승진이 늦어져 자존감이 떨어질 때, 뛰면서 흐트러진 마음을 주워 담았다. 그렇게 힘들었던 시기를 보내고 지금은 읽고 쓰는데 의미를 둔다. 삶을 바라보는 태도와 마음의 층위를 겹겹이 포갠다. 인생의 의미를 발견하게 해주는 은인이 있다는 건 크나큰 축복이다. 주위의 도움으로 지금의 내가 있는 게 아닌가 싶다.

나는 생명을 가진 모든 것을 사랑해요. 그러나 당신은 이해할 수 없어요. 당신은 한 번도 살아 본 적이 없으니까요. 당신은 삶을 비껴 갔어요. 한 번도 모험하지 않았어요. 그래서 당신은 아무것도 얻지 못했고, 잃지도 않았어요. p.349

배우거나 하고 싶은 일이 있으면 망설이지 않고 바로 시작하는 편이다. 주어진 시간적 경제적 테두리 안에서 도전이 가능한 지극히 소소한 일상이다. '돈이 없다, 시간이 없다.'라는 말은 핑계라고 생각한다. 무엇을 하고 싶다면 시간을 만들고, 돈이 없다면 다른 지출을 줄이면 얼마든지 가능하다. 내 경험으로 미루어 볼 때 실패는 많을수록 좋다. 직접 겪으며 얻은 소중한 경험은 그 무엇과도 바꿀 수 없다. 실패는 시간이 흐를수록 중요한 자산으로 내 안에 축적된다.

어쨌거나, 내가 제멋대로 살고 있다고 생각한다면 그건 틀렸어요. 저는 남들을 따라서 사는 게 아니라 내 삶을 살고 있어요. 내 말을 이해해 주길 바라요. 당신도 살기 위해 한 번쯤 그 고상한 조심성을 방기해도 결코 해가 되지는 않을 거예요. p.351

요즈음 해외여행을 하는 사람이 갈수록 늘고 있다. 그들이 부럽지만, 내게는 현실적으로 어려운 점이 많다. 그래서 나는 집에서 책으로 세계 여행을 떠난다. 현실감과 입체감은 떨어지지만 나쁘지 않다. 내가 원하는 삶이란 읽고 싶은 책을 편안하게 읽고, 산책하며 생각하고, 평온하게 글을 쓰는 일이다. 나답게 살고 싶은 마음이 간절하니까.

우리는 자기 자신을 변화시킬 수 있고, 자기 자신과 게임을 할 수 있어. 책을 읽으면서 책 속에는 있는 이런저런 인물과 자기가 비슷하다는 것을 느끼는 경우가 있잖아? 다른 책을 읽으면 또 다른 모습이 보이고, 끝없이 이런 일이 반복되는 거야. 자기 자신을 들여다보면 수백 개의 서로 다른 자아가 보여, 어느 것도 진정한 자아가 아닌 것 같기도 하고, 수백 개의 자아를 다 합친 것이 진정한 자아인 것 같기도 하고, 모든 게 미정이야. 우리는 우리가 원하는 것이 될 수 있어. 사실은 이 여러 자아 가운데 하나의 자아만을, 미리 정해져 있는 특정한 하나의 자아만을 선택할 수 있을 뿐이지만. p.77~78

작가가 말한 것처럼 우리 삶 자체가 모두 미정일 수 있다. 그러니까 살면서 가능성을 열어두고 무엇이든 시도해 볼 만하다. 나에게 말한다. '삶의 호기심을 가지고 모험도 즐겨라. 그러면 우리가 원하는 것을 얻을 수 있다.' 절실한 꿈, 희망을 저버릴 수 없다. 주인공 니나의 삶을 닮고 싶다. 추구하는 삶을 얻고 싶으면 현실에 안주하지 말아야 한다. 삶 속의 깊은 곳으로 당당히 걸어가는 나를 지켜보고 싶다.

나는 자유롭게 있어야 한다는 것 외에는 분명히 알고 있는 것이 없습니다. 나는 내 속에서 수백 개의 가능성이 있는 것을 느껴요. 모든 것은 나에게 미정이고 시작에 불구합니다. 그런데 내가 어떻게 자신을 어떤 것에 고정시킬 수 있겠습니까. 나는 정말 내가 누구인지 모릅니다. p.127

스물두 살부터 지금의 직장에서 일했다. 서른하나에 결혼했다. 두 아이가 세상에 나왔다. 어느새 나는 서서히 노년으로 접어든다. 두 아이도 성인이 되어 독립을 준비한다. 조만간 퇴직해야 한다. 은퇴 후 내가 무엇을 하고 있을지 잘 모르지만, 지금 하는 일에 최선을 다할 뿐이다. 꿈의 정원을 조금씩 가꾸는 나날로 충분하다.

니코스 카잔차키스, 『그리스인 조르바』
이윤기 옮김
열린책들

퇴직보다 더 확실한 자유라면

직장에서 강연을 들었다. 강사는 여든한 살의 나이로 190개 나라를 여행한 오지 탐험가였다. 늦은 나이에 음악을 공부하러 외국에 나갔고 딸 셋을 음악가로 키웠다. 지금은 음악 해설 전문가다. 예순이 넘어서 오지 여행을 시작했다. 그는 몇 가지를 강조했다. '부지런하게 살아라.' '지금 흘러가는 시간은 돌아오지 않는다.' '지적 호기심을 가져라.' 그는 주머니에서 수첩을 꺼냈다. 강연이나 공연상으로 이동하면서 떠오른 단상을 수첩에 기록한다고 했다. 그는 무엇이든 배우고 익히는 습관이 몸에 붙었다. 그는 앉아서 책을 읽기보다 두 발로 세계 여행을 다니며 세상이라는 책을 읽은 것이다. 그가 힘주어 말했다.

"자유로운 영혼으로 삶을 사랑하고, 살고, 느끼고, 즐겨라."

"삶을 얽매는 것들을 두려워하지 말라. 그러면 자유를 얻을 수 있다."

니코스 카잔차키스의 『그리스인 조르바』는 여백없는 촘촘한 편집으로 인해 읽기가 부담스러웠다. 그러나 읽으면 읽을수록 작품의 매력에 푹 빠질 수 밖에 없었다. 소설 속 화자인 '나'는 책만 읽으며 사유 속으로 파고 들었던 젊은 지식인이다. 화자는 중단된 갈탄 광채굴을 재개하기 위해 크레타 섬으로 간다. 조르바는 자신을 채용해 달라고 화자에게 부탁한다. 화자는 조르바의 적극적인 말과 태도가 마음에 들어 그를 고용한다. 두 사람은 크레타 섬에서 생활한다. 온종일 읽고 쓰며 영혼과 결투를 벌이는 화자는 거침없이 말하는 조르바와 의견 충돌이 끊이지 않는다.

조르바는 내가 오랫동안 찾아다녔으나 만날 수 없었던 바로 그 사람이었다. 그는 살아있는 가슴과 커다랗고 푸짐한 언어를 쏟아내는 입과 위대한 야성의 영혼을 가진 사나이, 아직 모태인 대지에서 탯줄이 떨어지지 않은 사나이였다. 언어, 예술, 사랑, 순수성, 정열의 의미는 그 노동자가 지껄인 가장 단순한 인간의 말로 내게 분명히 전해져 왔다. p.22

조르바는 육체적인 삶, 노동의 현실이 정신을 뛰어넘을 수 있음을 보여준다. 화자는 본능보다 이성에, 경험보다 책에 무게를 둔다면, 조르바는 이성보다 본능을 따르는, 마음 가는 대로 움직이는 인물이다. 화자와 조르바는 투자했던 탄광 사업의 철탑이 무너져 빈털터리 신세가 된다. 그러나 아무것도 그들을 방해할 게 없다. 사업에 실패한 두 사람은 바닷가에서 춤을 추며 신비로운 자유를 얻는다. 조르바는 춤을 통해 순간 느끼는 모든 감정과 욕구를 솔직하게 표현한다. 두 사람은 크레타 섬을 떠나 제 갈 길을 간다.

두목! 당신에게 할 말이 아주 많소. 사람을 당신만큼 사랑해 본 적이 없어요. 하고 싶은 말이 쌓이고 쌓였지만 내 혀로는 안 돼요. 춤으로 보여 드리지. 자, 갑시다. (중략) 조르바의 춤을 바라보며 나는 처음으로 무게를 극복하려는 인간의 처절한 노력을 이해했다. 나는 조르바의 인내와 그 날램, 긍지에 찬 모습에 감탄했다. 그의 기민하고 맹렬한 스텝은 모래 위에다 인간의 신들린 역사를 기록하고 있었다. p.419

알렉시스 조르바의 말은 구구절절 명언이다. 경험에서 우러난 삶의 철학은 인생의 즐거움이 무엇인지 묵직한 메시지를 준다. 작가는 조르바를 통해 이 순간을 즐기면서 최선을 다하는 삶을 선택하라고 한다.

화자는 과거를 현재로 재현시키고 조르바를 기억하며 미친 듯 글을 쓴다. 몇 주일 만에 조르바의 연대기를 완성한다. 늦은 오후 바다를 바라보면서 탈고한 원고를 읽는 중에 누군가가 편지를 가져온다. 조르바가 지난 일요일 오후 6시, 세상을 떠났다는 소식이다. 조르바가 남긴 산투르 악기를 받고 편지를 읽으며 소설은 끝난다.

내게 그리스에 친구가 하나 있소, 내가 죽거든 편지를 좀 써주시어, 최후의 순간까지 정신이 말짱했고, 그 사람을 생각하더라고 전해 주시오. 그리고 나는 무슨 짓을 했건 후회는 하지 않더라고 해주시오. 그 사람의 건투를 빌고 이제 좀 철이 들 때가 되지 않았느냐고 하더라고 전해 주시오. 잠깐만 더 들어요. 신부 같은 게 내 참회를 듣고 종부 성사를 하러 오거든 빨리 꺼지는 건 물론이고 온 김에 저주나 잔뜩 내려 주고 꺼지라고 해요. 내 평생 별짓을 다 해 보았지만, 아직도 못한 게 있소. 아, 나 같은 사람은 천 년을 살아야 하는 건데. p.446

니코스 카잔차키스는 베르그송과 니체의 철학을 자신의 작품에 반영한다. 소설을 읽다 보면 자유와 메토이소노가 자연스럽게 연결된다. 메토이소노는 보이는 것과 보이지 않는 것, 육체와 영혼, 물질과 정신의 임계 상태 저 너머에서 일어난 변화를 뜻한다. '거룩하게 되기'로 풀어 설명할 수 있다. 포도가 포도즙이 되는 것은 물리적 변화이고, 포도즙이 포도주가 되는 것은 화학적 변화이다. 포도주가 사랑이 되고, 성체聖體가 되는 것, 이것이 바로 메토이소노다.

책에 자유라는 단어가 자주 나온다. 오십 대 중년 남성이 이 책을 많이 찾는다고 한다. 가정의 책임과 직장의 온갖 압박에서 벗어나고 싶은 심리일 것이다. 여기서 잠깐 생각이 머문다. 직장을 그만두면 과연 자유로울까? 많은 사람들이 과거의 아픈 기억, 현재에 닥친 문제들 그리고 다가올 미래에 대한 염려 때문에 직장을 떠나서도 자유롭지 못하다.

진정한 행복이란 이런 것인가, 야망이 없으면서도 세상의 야망은 다 품은 듯이 말처럼 뼈가 휘도록 일하는 것, 사람들에게서 멀리 떠나, 사람을 필요로 하지 않되 사람을 사랑하며 사는 것. 성탄절 잔치에 들러 진탕 먹고 마신 다음, 잠든 사람들에게서 홀로 떨어져 별은 머리에 이고 뭍을 왼쪽, 바다를 오른쪽에 끼고 해변을 걷는 것. 그러다 문득, 기적이 일어나 이 모든 것이 하나로 동화되었다는 것을 깨닫는 것. p.177

하고 싶은 것, 옳다고 믿는 것으로 세상과 부딪치며 살고 싶다. 남의 시선에서 벗어나고 싶다. 지금까지 살아온 인생도 괜찮다. 내 남은 인생 중에 지금이 가장 젊은 날이다. 흘러가는 시간을 헛되게 보낼 수 없다. 하고 싶은 일이 있다면 즉시 시작하기로 다짐한다.

“새 길을 닦으려면 새 계획을 세워야지요. 나는 어제 일어난 일은 생각 안 합니다. 내일 일어날 일을 자문하지도 않아요. 내게 중요한 것은 오늘, 이 순간에 일어나는 일입니다. 나는 자신에게 묻지요. <조르바, 지금 이 순간에 자네 뭐 하는가?> <잠자고 있네.> <그럼 잘 자게.> <조르바, 자네 지금 이 순간에 뭐하는가?> <여자에게 키스하고 있네.> <조르바, 잘해 보게. 키스할 동안 딴 일일랑 잊어버리게, 이 세상에는 아무것도 없네. 자네와 그 여자밖에, 키스나 실컷 하게.> p.394

자유로운 삶을 살았던 조르바의 말은 깊은 울림을 남긴다.

"

내가 원하는 삶이란
읽고 싶은 책을 편안하게 읽고,
산책하며 생각하고, 평온하게 글을 쓰는 일이다.
나답게 살고 싶은 마음이 간절하니까.

"

요한 볼프강 폰 괴테, 『파우스트』
이인웅 옮김
문학동네

열정은 길치

직장에 다니면서도 공부를 계속했다. 땀과 노력, 시간과 비용을 들여 결핍을 채우고 싶었다. 성공, 심리, 처세술 관련 분야 책을 읽기만 해도 삶이 달라질 거라 믿었다. 이제는 고전을 읽는 재미에 푹 빠졌다. 그동안 쉼 없이 달렸다. 남편은 그동안 열심히 살았으니, 이제는 적당히 쉬라고 말한다. 나는 그럴 마음이 없다. 젊은 시절 불타는 열정이 지금의 나를 만들었다. 마치 파우스트처럼.

요한 볼프강 폰 괴테의 『파우스트』를 읽었다. 1부는 그레첸의 비극을 이야기한다. 파우스트는 세상의 모든 지식을 다 섭렵했으나 무력함에 절망한다. 그는 악마 메피스토펠레스와 계약을 맺는다. 파우스트가 "멈추어라, 너 정말 아름답구나!"라고 외치는 순간이 온다면 메피스토펠레스가 그의 영혼을 데려가도 좋다는 계약이다. 자신의 영혼을 걸고 현세의 쾌락을 찾아 나선다. 그레첸과 사랑에 빠져 아이가 태어난다. 그는 그레첸의 오빠를 죽인 후 그레첸이 아들을 죽이는 죄를 범하게 만든다. 결국 사형을 당하는 그레첸을 버리고 떠난다.

2부는 파우스트의 방황과 모색을 다룬다. 그는 신성로마제국에 들어가 황제의 신임을 받는다. 그곳에서 고대 그리스 미녀 헬레네와 결혼해 아들을 얻는다. 아들이 죽고 헬레네도 따라 죽는다. 메피스토펠레스는 파우스트를 만족시켜 영혼을 빼앗으려고 그레첸과 헬레네를 동원했지만 실패한다. 결국 파우스트는 자신의 죄를 뉘우친다. 마지막으로 파우스트는 다수의 행복을 추구하는 이상을 펼친다. 황제로부터 넓은 땅을 얻어 많은 사람이 풍요롭게 살 수 있도록 만든다. 간척사업에 헌신하며 생의 아름다움에 자신의 전부를 던진다. 이때 파우스트는 금기어인 '멈추어라. 너 정말 아름답구나!'를 외친다. 파우스트는 계약 위반으로 메피스토펠레스에게 영혼을 빼앗기려는 순간 그의 영혼은 천사들에 의해 구원을 받는다.

아아! 나는 이제 철학도, 법학도, 의학도, 유감스럽게 신학까지도, 온갖 노력을 기울여 속속들이 연구하였도다. 그러나 지금 여기, 서 있는 난 가련한 바보에 지나지 않으며, 옛날보다 더 나아진 것 하나도 없도다! p.17

작품에서 기억에 남는 몇 가지를 나누고 싶다. 첫째, 파우스트의 남다른 지적 욕구와 탐구의 갈망이다. 그는 인생의 의미와 진리, 가치를 찾고자 노력한다. 과학, 정치 등 다양한 학문을 탐구하면서도 진리를 찾지 못해 한계를 느낀다. 공부하면서 채워지지 않는 공허함과 무력감이 그를 찾아온다.

둘째, 파우스트가 정체성을 찾아가는 여정이다. 그는 쾌락을 즐기지만, 현실의 삶에서 의미를 찾지 못한다. 왕의 도움으로 개간 사업을 벌이며, 이상국을 건설하는 열정을 아끼지 않는다. 정신과 육체, 선과 악, 좋음과 나쁨, 천사와 악마 등 갈등을 통해 인간의 본성을 배운다. 요즘 나의 일상도 비슷하다. 선하게 살아야 할지, 악하게 살아도 관계없을지, 책을 읽어야만 하는 것일지, 즐기며 살아도 괜찮을지 등 수많은 신념과 가치가 싸운다.

내 가슴 속에는, 아아! 두 개의 영혼이 깃들어 있으니, 그 하나는 다른 하나와 떨어지기를 원하고 있다네. 하나는 음탕한 사랑의 쾌락 속에서, 달라붙는 관능으로 현세에 매달리려 하고, 다른 하나는 억지로라도 이 속세의 먼지를 떠나, 숭고한 선조들의 광야로 오르려 하는 것이다. p.35

셋째, '인간은 노력하는 한 방황한다.'라는 구절이 주는 위로이다. 결핍은 내게 배움의 의지를 바위처럼 단단하게 만든다. 은퇴 후

하고 싶은 일을 찾아가는 과정 또한 쉽지는 않다. 하지만 인간이란 존재 그 자체가 어떤 지향점을 향해 나아가며 노력하는 동안 방황할 수밖에 없다는 이 구절은 큰 위안을 주었다.

이렇게 연구실에만 늘 처박혀 있고, 축제일에 겨우 세상 구경을 하는데, 그것도 멀리에서 망원경을 통해 구경하는 거라면, 어떻게 세상 사람들을 설득해 인도한단 말입니까? p.21

넷째, 조수인 바그너가 파우스트에게 하는 충고다. 문득 남편의 말이 떠올랐다. 남편은 내가 책을 읽거나 글 쓰는 시간을 방해하지 않는다. 배가 고프면 찾아 먹고, 먹고 싶은 음식이 있으면 요리해 먹는다. 그런 면에서 좋은 남편이지만, 가끔 내 마음을 뒤집어 놓는다. 나와 함께 친구 집에 가고 싶거나, 사촌들과 가까운 곳에 놀러 가고 싶어 한다. 나는 시간이 없다는 핑계로 적당히 거절한다. 남편은 내가 책만 읽지 말고 세상 밖의 사람들과 소통하기를 원한다. 한번은 남편이 참다못해 폭발했다. "책만 읽으면 뭐 하나? 실천을 해야지!"

『꿈꾸고 사랑했네 해처럼 맑게』의 저자 전영애 교수는 현재 여백 서원을 운영하며 평생 동안 괴테 작품을 한국어로 번역하는 작업을 하고 있다. 원로 교수는 말한다. 괴테의 『파우스트』를 한 줄로 요약하면 '인간은 지향하는 한 방황한다.'라고 소개한다. '노력한다'의 의미는 정서상 땀 냄새가 묻어있음을 지울 수 없어 수십 년 동안 고민해 '노력'의 번역을 '지향'으로 바꿨다고 했다.

지금 길을 잃고 방황하는 것은 곧 갈 곳이, 목표가 있다는 이야기일 수 있는 것입니다. 방황하지 않는 인간이 어디 있겠습니까? 그런데 그 방향이 바로, 목표가 있고 지향이 있기 때문이라니! 참으로 큰 위로가 아닐 수 없습니다. 지금 방황해도 괜찮아. 다 가고 싶은 마음이 있으니 언젠가 어디인가에 닿아, 그런 쉬운 말보다, 말이 될 듯 말 듯한 이 위로가 주는 여운이 큽니다. p.17

마르셀 라이히 라니츠키, 『나의 인생』
이기숙 옮김
문학동네

무엇을 가지고 나갈 것인가?

5년 후면 정년이다. 지금의 직장을 떠나야 한다. 사회 복지, 건축, 조경 등의 자격증이 있다면 은퇴 후에도 전공을 살릴 수 있다. 나는 퇴직해도 직장의 경험을 연결할 전문성이 없다. 퇴직한 몇몇 선배는 공인중개사나 행정사로 일한다. 한때 공인중개사 자격증을 따려고 공부하다가 그만두었다. 적성에 맞지 않았다.

직장이 삶의 전부인 것처럼 살았다. 30년 동안 정해진 규칙에 몸과 정신을 밀어 넣었다. 내가 무엇을 좋아하고 어떤 삶을 살아야 하는지 고민을 시작하던 시점에 책을 읽었다. 책을 읽으면서 과거보다 조금씩 나아지는 나를 만날 수 있었다. 이십 대 초반에 성공이나 처세, 배움 등 관련 책을 읽으면서 좋은 성과를 내고 싶었다. 그러나 자기 계발서는 읽고 실천하지 않으면 무용지물이었다.

어느 순간부터 고전을 읽고 싶었다. 몇 차례 시도는 했지만, 끝까지 읽지 못하고 덮었다. 고전은 내게 너무 어려운 대상이었다. 그런 어느 날 고전에 대한 목마름으로 생각학교ASK라는 고전 연구기관을 만나 고전탐구 클래스에 등록했다. 읽기 어려운 책을 함께 읽고 생각을 나누면서 고전과 조금씩 친할 수 있었다. 지난 5년 동안 책을 읽고 글을 쓰면서 변화가 찾아왔다.

질문 쓰기를 통해 내면의 나와 만날 수 있었다. 특히, 은퇴 이후 무엇을 하며 살아야 할지 뚜렷한 목표를 만들었다. 과거의 나와 결별하고 나를 새롭게 정의했다. 내 삶의 키워드는 딱 세 개다. 읽기, 생각하기, 쓰기다. 지금도 퇴근 이후 또는 주말에 틈틈이 책을 찾아 읽는다. 문학의 정수인 고전을 읽고 경험을 토대로 사유의 지평을 넓힌다. 인생 후반전 삶의 목표와 방향을 찾았다. 왜 은퇴 이후에 글을 써야 하는가. 아니다. 지금부터 쓰기로 했다. 다만, 직장인의 본분을 잊지 않고 여가 시간을 활용해 글 쓰는 시간을 차츰 늘려 갈 생각이다.

마르셀 라이히 라니츠키의 『나의 인생』은 시대적 비극을 알 수 있는 책이다. 자신이 살아온 이야기를 쓴 평범한 자서전이 아니다. 현실에서 있을 수 없는 소설 같은 책이다. 작가는 문학을 읽고 쓰는 일에 평생을 바친 문학평론가다. 책의 전반부는 역사를 다루고, 후반부는 문학에 집중한다. 작가는 고통스러운 기억과 인류가 저지른

잔혹한 실상을 담담하게 풀어낸다.

혹시 바르샤바에서 막 도착한 그 부부는 옷을 다 벗은 채 '호스' 안을 걸어가고 있지나 않을까? 가스실로 가는 좁은 길을 그렇게 불렀다. 어쩌면 이미 가스실에 들어가 벌거벗은 내 어머니와 아버지 옆에 바짝 붙어 서 있을지도 모르겠다. 샤워실과 비슷하고 천장에 관이 달린 그 가스실 말이다. 파이프에서 나오는 것은 물이 아니라 디젤기관이 뿜어내는 가스였다. 가스실로 밀려들어 간 사람들이 모두 질식하기까지는 약 30분이 걸렸다. 죽음의 공포가 덮친 그 마지막 순간에 죽어가던 사람들은 창자와 방광을 통제하지 못했다. 대부분 대변과 소변으로 더럽혀진 시신들은 재빨리 치워졌다. 바르샤바에서 온 다음 유대인들에게 자리를 내주기 위해. p.238

작가는 독일에서 성장한 폴란드계 유대인이다. 그는 독일 문학을 누구보다 사랑한다. 그의 문장들은 개인의 서사를 펼쳐 놓지만 시대와 역사를 포괄하는 광활한 사유로 가득하다. 그는 '문학의 교황'이라는 별명으로 불리지만, 어려운 말을 쓰지 않을 뿐더러 돌려 말하지 않는다. 정확히 이해하지 못한 작품에는 그저 입을 다문다. 기대에 미치지 못한 작품은 혹평한다.

가장 중요한 것은 자신이 쓴 글을 최소한 상대방이 이해하는 것이다. 문장을 알기 쉽게 쓰려고 노력한 나는 자꾸만 튀어나오는 외래어 대신 거기에 상응하는 독일어를 찾아내려고 외래어 사전을 자주 이용했다. 훌륭한 평론가란 언제나 명료함을 위해 글을 단순하게 쓰는 사람이라고 확신한다. p.392

작가가 독일에서 강제로 추방당할 때 챙겨간 게 있다. 발자크의 소설과 여분의 손수건이 담긴 서류 가방이다. 그 쓸모없는 물건 몇 가지를 챙겨 낯선 국경을 넘지만, 얼마 지나지 않아 자신은 눈에 보이지 않는 거대한 짐을 들고 왔음을 깨닫는다. 그것은 자신의 머릿속에 자리 잡고 있는 언어와 문학에 대한 지식과 사랑이다.

가방을 뒤지는 바보들! 너희는 여기에서 아무것도 찾아내지 못해! 내가 가지고 가는 밀수품은 내 머릿속에 있단다. p.352

이 책을 읽고 난 후 인생의 전환점을 만났다. 그동안 걸어왔던 수많은 시간, 지금 여기 머무는 공간을 떠날 때 나는 무엇을 가지고 나갈 것인가? 나도 작가처럼 문학과 글쓰기를 향한 열정과 사랑을 가져가고 싶다. 작가처럼 문학작품을 읽으며 지성인으로 살고 싶다. 그 열망을 자양분 삼아 꾸준히 글을 쓰고 있다. 노력과 땀과 열정은 배신하지 않는다. 내가 노력한 만큼 부메랑이 되어 다시 돌아온다. 언젠가 비상한 재능을 활짝 펼치는 날을 꿈꾼다. 작가는 문학이 우리의 피난처라고 말했다. 언젠가 내게도 문학이 나의 고향이며 안식처가 되길 바란다.

우리는 문학에서 우리 자신의 모습을 본다. 자신의 감정과 사고와 소망과 심리적 억압을 발견한다. 우리가 문학을 통해 발견하고 깨닫는 이런 것들의 중요성은 아무리 강조해도 지나치지 않다는 것을 나는 알았다. p.120

나는 아직 독서의 깊이가 부족하다. 그럼에도 불구하고 그간 읽은 몇 안 되는 문학작품을 통해 얻은 게 많다. 세상을 어떻게 바라보고, 삶의 의미는 무엇인지를 고뇌하게 만든다. 진정한 자유는 무엇인지, 인간 본성과 삶의 성찰을 자극하는 문학 작품을 통해 나를 되돌아본다. 아카시아 꽃이 활짝 핀 오솔길의 향기에 취해 걸어가듯, 지혜 가득한 문학작품 속으로 오늘도 살포시 발을 내려놓는다.

헤르만 헤세, 『수레바퀴 아래서』
김이섭 옮김
민음사

아무튼 지치지 않도록

시골에서 중학교를 졸업하고 부푼 가슴으로 인근 도시의 고등학교에 입학했다. 낯선 환경으로 인한 설렘보다 두려움이 컸다. 학교까지는 시내버스로 1시간 정도 걸렸다. 버스는 마을 정류소마다 정차해 통학생을 가득 실어 날랐다. 학기 초 내내 지각하는 바람에 담임에게 불려갔다.

엄마는 학교 근처에 부엌 하나 딸린 방을 얻어주었다. 자취 생활에 제대로 적응도 못한 시점에 야간자율학습을 시작했다. 교장과 교감을 비롯한 교사들은 서울대에 몇 명 입학시킬지가 최대 관심사였다. 인근 여고와 비교해가며 우리 자존심을 박박 긁었다. 방학 때 서울대에 입학한 몇몇 선배가 학교를 찾아왔다. 그들은 서울대에

오면 즐겁고 재미있는 대학 생활을 얼마든지 할 수 있다며, 조금만 더 참고 공부하라고 말했다. 교사들은 늦은 밤까지 복도를 오가며 우리를 감시했다.

주위에 청소년 시절 문학책을 읽고 감동하거나, 인생의 전환점이 있었다는 사람이 있다. 우리 집에는 동화책이 한 권도 없었다. 초등학교와 중학교 도서관에도 책이 별로 없었다. 그나마 있는 책이라고는 교실 뒤 학급 문고가 전부였다. 고등학교 시절에는 교사의 감시를 피해 고전을 읽던 친구가 몇 명 있었다. 그들의 문학적 수준은 범접할 수 없었다.

학교생활은 점점 힘들어졌다. 몇몇 친구를 따라 학교 담장을 넘어 야간 자율학습을 빼먹었다. 학교 근처 분식집에서 먹었던 얼큰한 떡볶이 맛은 지금도 잊을 수 없다. 밤늦게 친구의 자취방에서 이종환의 라디오 방송을 들으면서 시간을 보냈다. 2학년으로 올라가자 담장을 뛰어넘어도 도망갈 수 없게 이중으로 감시했다. 밤 열두 시가 넘어서야 집에 갈 수 있었다. 늦은 밤 학교에서 돌아오면 빈 도시락부터 씻었다. 다음 날 도시락 두 개를 준비해 학교에 가야 했다. 그렇게 여고 시절을 보냈다.

학교의 저녁 식사 시간은 오후 6시였다. 내 점심과 저녁 반찬은 똑같았다. 시내에서 통학하는 친구들이 부러웠다. 밤늦게까지 공부하는 딸을 위해 따끈한 도시락을 가져온 엄마들이 학교 정문에서 기다렸다. 친구들은 점심 때 먹었던 도시락과 저녁에 먹을 보온 도시락을 교환했다. 소란한 저녁 식사시간을 보낸 후 야간자율학습 시작을 알리는 음악이 흘러나왔다. 대나무 숲처럼 빽빽한 교실의 칠판 앞에 학급 반장이 장승처럼 서 있었다. 떠드는 사람의 이름을 적기 위해서였다. 교실 밖 복도에는 교감과 교장이 늙은 호랑이처럼 어슬렁어슬렁 걸어 다녔다.

헤르만 헤세의 『수레바퀴 아래서』는 자전적 소설이다. 주인공 한스는 시골 마을에서 학교의 종교적 전통을 빛내줄 모범생이다. 그는 명민하고 총명하다. 당시 독일 사회에서 최고의 수재들만 진학 가능한 신학교 입학은 출세를 보장하는 것과 다름없다. 그는 아버지뿐만 아니라 마을 사람들의 자랑거리다. 한스의 목표는 열심히 공부해 수석으로 신학교를 졸업하고 목사의 길을 걷는 일이다. 시험에 합격한 후 신학교에 입학한다. 그곳에서 시를 쓰는 몽상가인 하일너를 만나 친구가 된다. 감수성이 예민하고 우울했던 하일너는 공부에 관심이 없다. 결국 하일너는 퇴학당한다.

하일너가 떠난 이후 한스는 학업에 흥미를 잃고 방황한다. 출세와 명예에 대한 욕구는 마음의 공허를 채워줄 수 없다. 결국 신경쇠약으로 학교를 그만두고 고향으로 돌아온다. 그는 마을에 사는 플라이그 아저씨의 조카 엠마를 사랑한다. 그녀는 작별 인사도 없이 마을을 떠나고 한스에게는 상처만 남는다. 한스는 기계공인 아우구스트를 찾아가 일자리를 얻는다. 어느 주말, 술에 취한 그는 수치심과 자책감에 괴로워한다. 고요한 달빛이 비치는 강물에 빠져 스스로 목숨을 끊는다.

같은 시각 아버지가 마음속으로 그토록 꾸짖던 한스는 이미 싸늘한 시체가 되어 검푸른 강물을 따라 골짜기 아래로 조용히 떠내려가고 있었다. 구역질이나 부끄러움이나 괴로움도 모두 그에게서 떠나 버렸다. 어둠 속에서 흘러내려 가는 한스의 메마른 몸뚱이 위로 푸른 빛을 띤 차가운 가을밤의 달빛이 비치고 있었다. 시꺼먼 강물은 그의 손과 머리, 그리고 창백한 입술을 어루만지고 있었다. 날이 밝기 전에 먹이를 구하려고 나선 겁 많은 수달이 교활한 눈초리를 번뜩이며 그의 곁을 소리 없이 지나갔을 뿐, 누구도 그를 보지 못했다. p.259

아버지의 허영심 때문에 신학자의 길을 가게 된 한스는 사회가 강요한 수레바퀴 아래에 깔린다. 그런 한스가 과거의 내 모습을 비추는 자화상처럼 느껴진다. 어려운 그 시절에는 당연한 일상이었다. 성인이 되어서도 그때와 다를 바 없이 주어진 현실에 순응하며 살았다. 잔잔한 호수에 파문이 일어나듯 내 마음에도 질문이 물결처럼 일렁인다. 나는 수레바퀴 아래 깔린 적이 있는지, 그곳에서 탈피할 수는 있을지, 삶의 또 다른 수레바퀴는 무엇인지, 수레바퀴 아래서 견디며 살 수 있을지, 깔려 죽지 않으려면 어떻게 살아야 하는 것인지.

퇴직 이후 새로운 출발을 위해 노화된 신체를 잘 살피면서 하고 싶은 일을 조금씩 하고자 한다. 나이를 먹을수록 쉼과 휴식의 시간이 많이 필요하다. 젊을 때와 사뭇 다르다. 종일 일하더라도 하룻밤 푹 자고 나면 풀리던 피로감이 이제는 꽤 오래간다. 이것저것 하다 보면 몸에서 이상 신호가 바로 찾아온다. 한스처럼 수레바퀴 아래 깔리지 않도록 유연한 삶을 살고자 한다.

"아무튼 지치지 않도록 해야 하네. 그러지 않으면 수레바퀴 아래 깔리게 될지도 모르니까." p.146

대니엘 디포, 『로빈슨 크루소』
윤혜준 옮김
을유문화사

내 삶은 표류인가, 항해인가?

고등학교를 졸업하고 부산으로 왔다. 공무원 임용고시 시험을 통과해 지금의 직장에 들어왔다. 그때가 스물두 살이었다. 열심히 학업을 병행하며 일했지만, 시간이 지날수록 소외감이 들었다. 나는 혈연, 학연, 지연과 거리가 멀었다. 동문이나 고향 사람 모임으로 뭉친 그들 사이에서 나는 외톨이 신세였다. 무던히 애쓰며 살았다. 퇴근 후에는 자기계발 하는데 시간과 돈을 투자했다. 부모의 지원을 빋지 못했다. 오히려 매달 급여를 받아 일정 금액을 부모에게 보냈다.

결혼 후에도 척박한 환경을 버티면서 참고 살았다. 속상한 일이 있어도 다음 날이면 훌훌 털고 일했다. 두 아이에게 살가운 엄마도 아니었다. 좋은 아내와 착한 며느리의 역할도 포기했다. 긍정적으로 보자면 생활력이 강했고, 부정적으로 평가하면 자신 밖에 모르는 이기적인 사람이었다.

대니엘 디포의 『로빈슨 크루소』를 읽었다. 로빈슨 크루소의 아버지는 아들이 판사나 변호사가 되기를 원했다. 하지만 그는 바다를 좋아했고 선장이 되고 싶었다. 열아홉에 선원이 된 그는 항해 도중 폭풍우를 만나 해적에게 잡히는 등 어려움을 겪기도 한다. 항해 중 배가 침몰하고 혼자만 살아남아 무인도에 상륙한다. 암초에 걸린 배에서 식량과 도구를 가져오고, 동굴을 찾아 집을 짓는다. 염소를 키우고 벼농사를 짓거나, 앵무새와 친구처럼 지낸다. 그는 점점 무인도 생활에 적응하고 문명화해간다. 식인종 야만인에게 잡아먹힐지도 모른다는 두려움과 마주한다. 그들이 나타나면 어떻게 행동하고, 공격을 받으면 어떻게 도망갈지 생각하며 극심한 불안감을 느낀다.

우리 인간에게는 뭔가 알 수 없는 근원지에서 샘솟아 오르는 감성이 있어서, 이것이 눈에 보이는 어떤 대상이나 아니면 비록 보이지는 않지만, 상상력 힘으로 우리의 생각 속에서는 마치 있는 듯 느껴지는 그런 대상으로 인해, 이 감성이 표면으로 드러나 작동하기 시작하면, 이 그리움은 우리의 영혼을 그 바라는 대상을 품에 안고 싶은 격렬한 욕망에 사로잡히게 만드니 그 대상의 부재는 감당하기 어려운 고통

이 되는 경우들이 있다. p.269

로빈슨 크루소는 불굴의 정신으로 어려움을 극복한다. 아버지가 바라는 대로 중산층의 삶에 안주할 수 있었지만 꿈을 이루기 위해 도전과 모험을 즐긴다. 무인도에서 고독과 외로움을 견디며 지혜로운 삶을 살아간다. 이 소설이 발표된 지 300년이 넘었다. 지금까지도 세계적으로 광범위한 독자를 확보한 이유는 무엇일까?

내가 이 섬에 오기까지와, 또한 내가 이 섬에 온 이후 삶의 일부까지 포함한 내 인생의 축약본 내지는 축소판 이력을 한 번에 다 훑어보았다. 내가 이 섬에 상륙하게 된 이후의 내 처지를 돌이켜보니 나의 이곳 생활 첫 몇 해 동안이 모래사장에 사람 발자국을 본 이후로 겪어온 불안과 공포와 걱정의 삶에 비하면 한결 행복한 편이었다고 생각할 수밖에 없었는데, 그렇다고 그때까지 야만인들이 이 섬에 자주 출몰하지 않았으리라고 믿었던 것은 아니고 이따금 수백 명씩 이자들이 섬에 올라왔을 수도 있는 노릇이지만, 단지 내가 전혀 이를 알지 못했고 그런 걱정까지 할 일이 없었던 것뿐이지만, 내가 처한 위험은 똑같았다. p.280

어느덧 중년의 문턱을 훌쩍 넘었다. 남편과 나, 우리 관계도 더 이상 치열하게 싸워야 할 이유는 없다. 이제 눈빛만 봐도 무엇을 바라는지 알 수 있어 친구처럼 편안하다. 혼자만 있는 시간이 많으니 자신을 돌아보는 시간도 늘어간다.

아직 직장이라는 튼튼한 울타리 안에서 살고 있다. 머지않아 울타리 밖으로 나가야 한다. 수십 년간 고생했으니 은퇴하면 쉬고 싶은 마음도 슬쩍 고개를 내민다. 하지만 평생 남을 위한 삶을 살았으니, 은퇴 이후로는 다른 삶을 살고 싶다. 익숙함과 이별하고 미래를 향한 새로운 출발을 하고 싶다. 언제 태풍이 밀려올지 모르는 인생을 앞두고 고뇌가 깊어진다. 바다에서 이리저리 밀려다니며 표류하는 삶을 살 것인가? 원하는 대로 방향을 정하고 배를 이끄는 선장으로 항해하는 삶을 살 것인가?

“

그동안 걸어왔던 수많은 시간,
지금 여기 머무는 공간을 떠날 때
나는 무엇을 가지고 나갈 것인가?

”

서머싯 몸, 『달과 6펜스』
송무 옮김
민음사

달빛 세계로 갈 수 있을까?

딸이 그림을 배운다. 완성한 그림을 보면 나도 그림을 배우고 싶은 욕망이 밀려온다. 취미로 그림을 그리는 사람이 주위에 많다. 어느 지인의 전시회에 다녀왔다. 평범한 주부였던 그녀는 삶이 무료해 그림을 배웠다. 스케치북과 물감을 들고 전국을 여행 다니면서 그림을 그렸다. 10년 정도 꾸준히 하다 보니 실력이 늘었다. 주중에 문화센터에서 강사로 활동하고 주말에는 작업실에서 그림을 그린다. 여행과 취미를 즐기는 그녀의 삶이 멋지다.

『인생에서 너무 늦을 때란 없습니다』의 모지스 작가는 78세에 그림을 그리기 시작해 101세까지 1,600점의 작품을 남겼다. 모지스 작가에 비하면 지금 시작해도 늦지 않다.

서머싯 몸의 『달과 6펜스』는 화가 폴 고갱의 삶에서 영감을 받아 쓴 소설이다. 주인공 찰스 스트릭랜드는 처자식이 딸린 평범한 회사원이다. 어느 날 느닷없이 화가가 되겠다며 가정과 직장을 버리고 파리로 떠난다. 책임감이 없는 그의 모습에 놀라움을 금하기 어렵지만 그림을 향한 뜨거운 열정은 높이 평가하고 싶다.

나는 그림을 그려야 한다지 않소, 그러지 않고는 못 배기겠단 말이오. 물에 빠진 사람에게 헤엄을 잘 치고 못 치고가 문제겠소? 우선 헤어 나오는 게 중요하지. 그렇지 않으면 빠져 죽어요. p.75

미칠 만큼 하고 싶은 일을 하겠다는 간절함, 그림을 그리겠다는 진실한 열정이 드러난다. 세상 사람들 누구나 하고 싶은 일이 있어도 정작 실행으로 옮기지 않는다. 과거에 얽매이다 보면 현실에 충실할 수 없고, 다가오는 미래를 생각하면 불안과 두려움이 몰려오기 때문이다. 이러지도 저러지도 못한 채 대부분의 사람들은 우물쭈물 시간만 흘려보낸다.

당신은 이 세상에서 가장 소중한 아름다움이 해변가 조약돌처럼 그냥 놓여있다고 생각해요? 무심한 행인이 아무 생각 없이 주워 갈 수 있도록? 아름다움이란 예술가가 온갖 영혼의 고통을 겪어 가면서 이 세상의 혼돈에서 만들어 내는 경이롭고 신비한 것이오. 그리고 예술가가 그 아름다움을 만들어 냈다고 해서 아무나 그것을 알아보는 것도 아냐. 그것을 알아보자면 예술가가 겪은 과정을 똑같이 겪어 보아야 해요. 예술가가 들려주는 건 하나의 멜로디인데, 우리가 그것을 우리 가슴 속에서 다시 들을 수 있으려면 지식과 감수성과 상상력을 가지고 있어야 한다고. p.113

작품에서 화자로 등장하는 더크 스트로브는 스트릭랜드의 작품을 극찬한다. 스트릭랜드는 자기 예술혼의 극치를 남태평양 타히티 섬의 시골집에 벽화로 표현한다. 그림을 향한 갈망은 위대한 작품을 탄생시킨다. 그는 나병에 걸려 눈이 먼 상태로 이 작품을 완성한 것이다. 평생을 추구하던 완벽한 작품을 완성한 후 지친 영혼은 죽음을 맞이한다.

방바닥에서 천장에 이르기까지 사방의 벽이 기이하고 정교하게 구성된 그림들로 가득 채워져 있었다. 뭐라 형용할 수 없이 기이하고 신비로웠다. 그는 숨이 막혔다. 이해할 수도, 분석할 수도 없는 감정이 그를 가득 채웠다. 창세의 순간을 목격할 때 느낄 법한 기쁨과 외경을 느꼈다고 할까, 무섭고도 관능적이고 열정적인 것, 그러면서 또한 공포스러운 어떤 것, 그를 두렵게 만드는 어떤 것이 거기에 있었다. 그것은 감추어진 자연의 심연을 파헤치고 들어가, 아름답고도 무서운 비밀을 보고 만 사람의 작품이었다. 그것은 사람에게는 허락되지 않은 신성한 것을 알아버린 이의 작품이었다. 거기에는 원시적인 무엇, 무서운 어떤 것이 있었다. 인간 세계인 것이 아니었다. 악마의 마법이 어렴풋이 연상되었다. 그것은 아름답고도 음란했다. p.323

화자는 스트릭랜드의 천재성에 탄복한다. 그림을 향한 사랑과 열정, 삶을 바라보는 태도와 마음에 무한한 감동을 얻는다. 스트릭랜드의 삶을 읽은 후부터 생각할 게 많아졌다. 나 역시 내면에 활화산처럼 끓어오르는 열정을 죽기 전에 승화시켜 볼 용기가 필요하다. 주어진 환경에서 선택의 여지가 있다면 하나라도 실천해 보고 싶다.

지난여름 집 근처 화실을 찾아갔다. 몇몇 수강생이 그리다가 완성하지 못한 그림을 보며 할 수 있겠다는 자신감을 얻었다. 원장님의 안내를 따라 그리고 싶은 사진 한 장을 골랐다. 사진 원본대로 따라 그려봤다. 그림 하나를 완성하는 데 두 달이 걸렸다. 이 과정에서 글쓰기와 그림, 둘 사이에 공통점을 몇 가지 발견했다. 첫째, 그리고 싶은 풍경이나 대상은 글감에 해당한다. 둘째, 캔버스의 크기와 구도는 글감을 어떻게 구성해 쓸 것인지 글의 구조에 해당한다. 글을 쓸 때 생각, 경험, 감정 중 어느 것에 더 집중할 것인가를 미리 잘 결정해두면 좋다. 셋째, 밑그림은 글쓰기에서 초고에 해당한다. 넷째, 밑그림을 바탕으로 새롭게 지우고 그리는 작업을 한다. 퇴고의 방향 잡기다. 다섯째, 물감 칠하기로 그림을 완성하는 과정은 단어 하나, 문장 하나를 온전하게 만들기 위해 씨름하는 과정이다.

달과 6펜스는 이상과 현실에 대한 은유다. 달과 6펜스 모두 둥글고 은빛처럼 빛난다는 공통점이 있다. 달은 예술을 향한 열망, 달처럼 빛나는 영혼과 감성의 세계를 향하고, 6펜스 은화는 물질적 가치를 표상한다. 스트릭랜드는 예술적 열망을 찾아 안락한 삶을 포기했다. 그림을 그리면서 생활고와 질병을 앓으면서도 타인의 시선과 평가에서 자유롭게 작품 활동에 매진한다. 그는 죽음의 순간을 맞이하며 자기 작품을 태워버린다.

6펜스 은화를 손에 움켜쥐고 달만 쳐다보는 나를 발견한다. 나는 6펜스의 세계를 벗어나 달빛 세계로 갈 수 있을까?

작은 변화가 일어날 때 진정한 삶을 살게 된다.

그림자가 있는 곳에는 반드시 밝은 빛이 있다.

-레프 니꼴라예비치 똘스또이

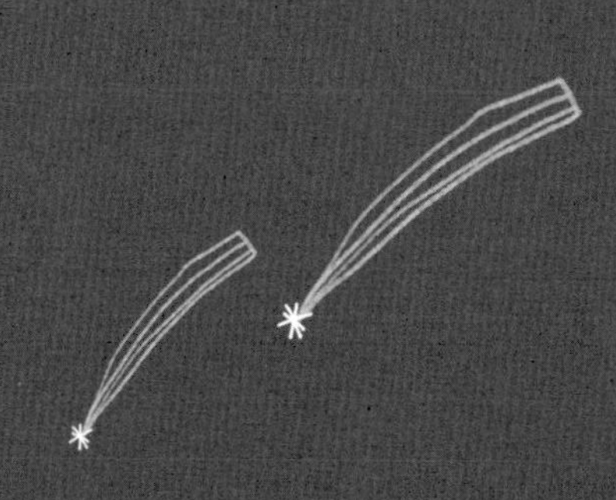

그대 자신을 넘어서서

5부

레프 니꼴라예비치 똘스또이, 『이반 일리치의 죽음』
이강은 옮김
창비

지금 난 여기에 있는데

승진은 직장 생활의 꽃이다. 정기 인사는 상반기와 하반기 두 번 있다. 선배가 퇴직해야 빈자리가 생기고 후배들이 승진할 수 있다. 20년 전 일이다. 한 선배가 오랫동안 병가를 냈다. 머지않아 그의 부고를 들었다. 몇몇 동료와 함께 그의 장례식장에 갔다. 고인에게 절을 하고 빈자리에 둘러앉았다. 그의 죽음은 다른 누군가에게는 승진할 기회다. 그날 우리는 옹기종기 모여 승진 대상자가 누구일지 이야기했다.

동료의 사망 소식을 듣고 이들의 마음속에 떠오른 생각은 그로 인해 발생할 수밖에 없는 자리 이동과 담당 업무 변경 등에 대한 것만은 아니었다. 아주 가까운 사람의 사망 소식을 들은 사람들이 누구나 그러듯이 그들도 죽은 게 자신이 아니라 바로 그라는 사실에 안도감을 느꼈다. p.10

똘스또이의 『이반 일리치의 죽음』을 읽었다. 주인공은 시한부 인생을 산다. 작품에는 죽음을 앞두고 있는 한 인간의 두려움과 혼란, 좌절이 생생하게 그려져있다. 독자에게 삶의 치열한 반성과 성찰을 이끌어낸다. 장례식에 참석한 친구들은 이반 일리치의 죽음에는 관심이 없다. 그의 죽음으로 인해 보직 이동이나 승진에만 집중한다. 그의 아내는 남편이 죽자 국가로부터 어떤 혜택을 받을 수 있을지 매의 눈으로 살핀다.

'맹장? 신장이라고?' 그는 혼잣말했다. '맹장도 신장도 다 문제가 아니다. 삶이냐? 죽음이냐의 문제다……. 그래, 아직 살아 있지만, 생명이 자꾸만 빠져나가고 있는데 난 잡을 수가 없다. 맞다. 더 나 자신을 속일 수는 없다. 내가 죽어가고 있다는 걸 나 말고는 모두 다 분명히 알고 있다. 문제는 몇 주, 아니 며칠을 더 살 수 있느냐 뿐이다. 아니, 지금 당장일 수도 있다. 환하던 세상이 이제 암흑이구나. 그래, 지금 난 여기에 있는데, 도대체 어디로 간단 말이냐? 도대체 어디로?' 환기가 덮치며 숨이 멎었다. 심장이 뛰는 소리만 들렸다. p.67

이반 일리치는 자신이 곧 죽을 것이라는 진실에 함몰된다. 마음 속으로는 예전처럼 일이나 하자고 말하지만 죽음을 비껴갈 수는 없다. 죽음의 수렁에 빠져 다른 어떤 일도 할 수 없다. 그는 피하지 않고 죽음을 바라보고 응시한다. 그럴수록 형언할 수 없는 고통만 느낀다. 자리에 누워 죽음과 대면한다. 죽음과 시선을 마주할수록 그가 스스로 할 수 있는 게 아무것도 없다. 죽음을 바라보면서 두려움과 공포가 몰려온다.

그는 도저히 자기 죽음을 받아들일 수 없었다. 그는 거짓되고 병적이며 잘못된 생각을 머릿속에서 털어내고 다만 올바르고 건강한 생각을 하려고 애썼다. 하지만 앞의 생각은 단지 생각이 아니라 엄연히 살아 있는 현실로 다시 눈앞에 나타나 버티고 섰다. p.73

고령 대가야 축제에 다녀온 적이 있다. 주최 측에서 준비한 '죽음 체험'에 참여했었다. 저승사자 차림을 한 직원이 수의를 건네며 유언장을 쓰라고 했다. 오래 전 일이라 그때 무엇을 썼는지 잘 기억나지 않는다. 수의를 입고 관으로 들어가 누웠다. 캄캄한 어둠이 그토록 두려운 존재일 줄이야. 관 밖에서 사람들의 목소리가 가는 빛줄기처럼 희미하게 들렸다. 한 사람만 누울 수 있는 비좁은 공간에서 경험했던 5분의 시간이 영원처럼 길게 느껴졌다. 어둠 때문에 너무 두려워 뚜껑을 두드리며 열어달라고 큰 소리로 외쳤다. 관 밖으로 나왔을 때 세상은 눈부시도록 아름다웠다. 그 순간에는 살아있음 그 자체로 감사를 느낄 수 있었다. 그날의 특별한 체험은 지금까지도 기억이 생생하다.

하루를 살면 하루 더 죽어가는 그런 삶이었다. 한 걸음씩 산을 오른다고 생각했지만, 사실은 한 걸음씩 산에서 내려가고 있었던 거야. 그래, 맞다. 세상 사람들은 내가 산을 오른다고 보았지만, 내 발밑에서는 서서히 생명이 빠져나가고 있었던 거야. 그래, 결국 이렇게 됐지. 죽는 일만 남은 것이다. (중략). 삶이 이렇게 무의미하고 역겨운 것일 수는 없는 것이다. 삶이 그렇게 무의미하고 역겨운 것이라면 왜 이렇게 죽어야 하고 죽으면서 왜 이렇게까지 고통스러워해야 한단 말이냐? 아니다, 뭔가 그게 아니다. p.103

이반 일리치는 생의 마지막 순간에 이렇게 생각한다. '끝난 건 죽음이며 이제 더 이상 죽음은 존재하지 않는다.' 그는 길게 숨을 들이마시다가 그대로 멈추고 온몸을 쭉 뻗고 숨을 거둔다.

이 소설을 읽을 즈음이었다. 가족과 경주 여행 중에 식당에 둘러앉아 저녁을 먹었다. 남편이 고기를 굽는 동안 나는 고기를 주섬주섬 주워 먹었다. 평소처럼 소주와 맥주를 섞어 마시던 남편이 갑자기 뜻밖의 말을 꺼냈다. 자신이 죽으면 화장해 봉안당에 넣어 달란다.

"죽고 나면 그게 무슨 의미가 있을까?"

"살다가 힘든 날이 있을 때 아이들이 부모를 찾아가면 힘이 될 거야."

"네 엄마가 죽으면 아빠 옆에 나란히 안치해 줄래?"

모두 숙연해질 수밖에 없었다. 평생 살 것처럼 행동하는 나를 겨냥한 말이었다. 죽음은 늘 곁에 머문다. 우리는 죽음을 앞두고서야 자신이 살아왔던 삶을 되돌아본다. 살면서 베풀지 못했거나, 가까운 사람에게 소홀히 대했던 것을 후회한다. 최근 몇 가지를 실천하고 있다. 가족을 위한 보험 증권을 한군데로 모아 정리하고 집에서 사용하지 않는 물품을 아름다운 가게에 기증했다. 인생 상담소를 연 지인에게 50여 권의 책도 보냈다. 원하든 원치 않든 뜻밖의 죽음으로 당황하지 않도록 주변을 정리할 필요가 있다.

알베르 카뮈, 『이방인』
김화영 옮김
민음사

바래가는 빛은 습관 같아

23년 전의 일이다. 수화기 너머로 숨이 넘어갈 듯한 엄마의 다급한 목소리가 들렸다. 아버지가 위독하다는 소식이었다. 깊은 밤 고속도로를 달리면서 아버지가 기다려 주길 간절히 원했다. 아버지의 목소리는 가늘고 눈빛은 떨어지는 별처럼 희미했다. 결국 아버지는 중환자실에서 하루를 채우지 못하고 눈을 감았다. 푹푹 찌는 8월의 여름 아버지의 시신은 꽃상여를 타고 고향 선산으로 향했다. 나는 마치 타인의 죽음을 목격한 듯 꼬박꼬박 밥을 챙겨 먹었다.

오늘 엄마가 죽었다. 아니 어쩌면 어제, 양로원으로부터 전보를 한 통 받았다. '모친 사망, 명일 장례식. 근조謹弔.' 그것만으로써는 아

무런 뜻이 없다. 아마 어제였는지도 모르겠다. p.9

알베르 카뮈의 『이방인』 첫 문장이다. 소설의 플롯은 엄마의 죽음, 살인, 자기 죽음의 구조다. 1부는 어머니의 죽음에서부터 살인을 저지르기까지 일상적 생활이다. 주인공 뫼르소는 어머니의 사망 소식을 듣고 장례식장에 간다. 장례를 치르고 옛 동료 마리를 만나 영화를 보며 시간을 보낸다. 그런 어느 날 뫼르소는 이웃 레몽과 해변에 놀러 간다. 그곳에서 레몽을 표적으로 삼고 있던 아랍인과 대치한다. 레몽은 다치고 뫼르소는 레몽에게 총을 뺏는다. 뫼르소는 아랍인을 향해 방아쇠를 당긴다.

모든 것이 기우뚱한 것은 바로 그때였다. 바다는 무겁고 뜨거운 바람을 실어 왔다. 온 하늘이 활짝 열리며 비 오듯 불을 쏟아붓는 것만 같았다. 나는 온몸이 긴장해 손으로 권총을 힘 있게 그러쥐었다. 방아쇠가 당겨졌고, 권총 자루의 매끈한 배가 만져졌다. 그리하여 짤막하고 요란한 소리와 함께 모든 것이 시작되었다. 나는 땀과 태양을 떨쳐버렸다. 나는 한낮의 균형과 내가 행복을 느끼고 있던 바닷가의 예외적인 침묵을 깨뜨려 버렸다는 것을 깨달았다. 그때 나는 그 움직이지 않는 몸뚱이에 다시 네 방을 쏘았다. 총탄은 깊이, 보이지도 않게 들어박혔다. 그것은 마치, 내가 불행의 문을 두드리는 네 번의 짧은 노크 소리와도 같은 것이었다. p.69~70

2부는 뫼르소를 체포하고 재판 과정을 보여준다. 뫼르소가 자신의 행동을 깊이 반성하는 모습은 찾아볼 수 없다. 검사는 '범죄자의 마음으로 자기의 어머니를 매장했으므로, 나는 이 사람의 유죄를 주장한다.'라는 논고를 펼친다. 뫼르소는 상황이 결단코 자신에게 유리하게 돌아가고 있지 않음을 깨닫는다. 뫼르소는 점점 이방인이 되어 간다. 결국, 뫼르소는 사형을 선고받는다.

나는 이미 나의 것이 아닌 삶, 그러나 거기서 내가 지극히 빈약하나마 가장 끈질긴 기쁨을 맛보았던 삶에의 추억에 휩싸였다. 여름철의 냄새, 내가 좋아하던 거리, 어떤 저녁 하늘, 마리의 웃음과 옷차림, 그곳에서 내가 하고 있던 부질없는 그 모든 것이 목구멍에까지 치밀고 올라왔고, 나는 다만 어서 볼일이 끝나서 나의 감방으로 돌아가 잠잘 수 있기를 고대할 뿐이었다. p.117

뫼르소는 꾸밈이 없는 게 솔직하다. 남의 시선을 중요하게 생각하지 않는다. 자신이 옳다고 생각한 행동은 끝까지 지켜낸다. 뫼르소가 총을 쏜 이유는 햇볕이 강렬해서다. 뫼르소는 세상과 타협하지 않으며 자신의 신념을 고수한다. 변호사 등 도와주려는 그 누구도 온전히 뫼르소 이해하지 못한다. 그 역시도 타인과 소통하지 못하는 것처럼 보여진다.

내가 살아온 이 부조리한 전 생애 동안, 내 미래의 저 밑바닥으로부터 항시 한 줄기 어두운 바람이, 아직도 오지 않은 세월을 거슬러 내게로 불어 올라오고 있었다. 내가 사는, 더 실감 난달 것도 없는 세월 속에서 나에게 주어지는 것은 모두 다, 그 바람이 불고 지나가면서 서로 아무 차이가 없는 것으로 만들어 버리는 것이었다. 다른 사람들의 죽음, 어머니의 사랑, 그런 것이 내게 무슨 중요성이 있단 말인가? p.134

작품은 인간의 부조리를 다룬 실존주의 소설이다. 사전적 의미로 '부조리'는 불합리한 것, 이치에 맞지 않는 것을 뜻한다. 실존주의 철학에서는 삶의 의미를 발견할 가능성이 없는 절망적인 한계상황을 말한다. 우리는 출생한 순간부터 죽을 때까지 '부조리'라는 덫을 피해 갈 수 없다. 학생이라면 가정과 학교, 노동자라면 가정과 직장을 오가면서 반복적인 일상을 살아간다. 그 부조리한 세계에서 누군가는 부조리를 느낄 수 있고, 그렇지 않을 수도 있다.

카뮈는 소설을 통해 비이성적인 세상 속에서 부조리를 말하고 싶은 것이다. 여전히 부조리한 세상 속에 살면서 이 같은 사실을 부정하거나 피하지 않고 살아갈 수밖에 없다. 문학 작품은 우리에게 어떻게 살아야 하는지 말해주지 않는다. 뫼르소의 인물을 통해 개인과 사회, 본성과 본질의 사이를 유영하는 인간의 내면을 볼 줄 알아야 하다. 카뮈의 철학은 이 시대를 살아가는 우리에게 많은 의미를 전한다. 출간된 지 80년이 지난 지금까지 독자에게 사랑받는 이유다.

그토록 죽음이 가까운 시간 엄마는 거기서 해방감을 느꼈고, 모든 것을 다시 살아 볼 마음이 내켰을 것이 틀림없다. 아무도, 아무도 엄마의 죽음을 슬퍼할 권리는 없는 것이다. 그리고 나도 또한 모든 것을 다시 살아 볼 수 있을 것 같은 생각이 들었다. 마치 그 커다란 분노가 나의 고뇌를 씻어 주고 희망을 가시게 해주었다는 듯, 신호들과 별들이 가득한 그 밤을 앞에 두고. 나는 처음으로 세계의 정다운 무관심에 마음을 열고 있었다. 세계가 그렇게도 나와 닮아서 마침내는 형제 같다는 것을 깨달으면서, 나는 전에도 행복했고, 지금도 행복하다는 것을 느꼈다. 모든 것이 완성되도록, 내가 덜 외롭게 느껴지도록, 나에게 남은 소원은 다만, 내가 사형 집행을 받는 날 많은 구경꾼이 와서 증오의 함성으로 나를 맞아주었으면 하는 것뿐이었다. p.135

'나는 어떤 사람인가?'

알베르 카뮈, 『페스트』
변광배 옮김
더스토리

도처에 도사리는

2020년 2월쯤이었다. 관내 한 아파트에서 코로나 확진자가 나왔다. 주민의 입소문을 타고 불안감도 급속도로 퍼졌다. 확진자가 탔다는 시내버스는 단 한 명의 승객도 태우지 않고 도로를 황급히 지나갔다. 지역 보건소에서 아파트를 방역하고, 봉사 단체가 마을의 공공장소를 돌면서 소독하는 일에 발 벗고 나섰다.

온라인 수업, 재택근무, 사회적 거리두기 격상으로 낯설고 힘든 상황을 겪었다. 하루에도 여러 차례 재난 안전문자가 도착했다. 주말에 어디든 다녀오고 싶으나 불안해 나갈 수도 없었다. 직장에서 회의나 행사를 못 하고 퇴근 후 모임에 갈 수도 없었다. 어디서든 방역 규칙을 준수하며 업무를 진행하고 퇴근해 가족과 시간을 보냈다. 혼자 있는 시간에는 TV를 보거나 책을 읽었다.

알베르 카뮈의 『페스트』는 1947년에 출간되었다. 페스트 발생으로 인해 공포와 불안 그리고 극한의 절망에 매몰된 인간의 심리를 잘 묘사했다. 죽음의 공포에 쌓인 도시에서 인간은 페스트와 사투를 벌인다. 시대적 배경은 다르지만, 지금과 다를 바 없다. 책 속의 '페스트'는 '코로나'로 대입해 읽었다.

배경은 프랑스령 알제리의 작은 해안 도시 오랑이다. 의사 리유가 진찰실을 나서다가 죽은 쥐 한 마리를 발견한다. 이후 도시 곳곳에서 피를 토하며 죽은 쥐들을 여기저기 목격한다. 의사들은 신속한 예방 조치를 정부에 건의한다. 정부는 페스트를 선포하고 도시는 대혼란에 빠진다. 사망자 수가 늘어나고, 도시를 폐쇄하자 아무도 도시 밖으로 나가지 못한다. 당국과 시민들은 뒤늦게 사태의 심각성을 깨닫는다. 식량 보급, 휘발유 배급제, 물가 폭등, 거짓 정보가 마구 쏟아진다. 의사로서 소명을 다하는 리유, 부당한 죽음을 거부하려는 타루, 오랑에 체류 중인 신문기자 랑베르, 그들은 공포와 불안에 맞서 페스트와 싸운다. 하지만 페스트는 쉽사리 물러설 기미를 보이지 않는다.

누구나 재앙이 언제든 발생할 수 있음을 알고 있지만, 막상 자기 머리 위에 뚝 떨어지면 좀처럼 믿지를 못한다. 이제껏 전쟁만큼이나 페스트도 많이 발생했었다. 그런데도 사람들은 전쟁이든 페스트든

항상 똑같이 속수무책이었다. p.52

언론을 통해 코로나 사태의 심각성을 알게 된 사람들은 서로를 의심하고 경계했다. 나 역시 누군가와 접촉으로 인해 코로나에 감염되지 않을까 두려웠다. 타인에게 피해를 주지 않으려 노심초사했다. 외출하는 가족에게는 걱정부터 늘어놓았다. 누군가 코로나에 걸리면 침투 경로를 추적해 공표하는 현실 앞에 모두 바짝 긴장했다.

이 모든 것들은 명백히 자신들의 삶에서 가장 사적인 것을 포기한다는 의미이다. 페스트의 초기에는 남들에게 아무것도 아닌데 자신에게는 아주 중요한 사소한 것들이 많다는 것에 놀라고, 그러면서도 아마 난생처음 사생활의 중요성을 인식했었다면, 이제는 오히려 반대로 남들이 관심을 가지는 일에만 관심을 가졌고, 보편적인 생각만 했으며, 심지어 가장 다정한 애정마저도 추상성을 띠었다. p.232

코로나가 발병한지도 4년이 지났다. 사회적 거리두기도 사라졌다. 하지만 여전히 코로나는 우리 곁에 남아있다. 동료들이 하나둘씩 고로니에 걸려 며칠 동안 출근하지 못했다. 그때까지 나는 한 번도 코로나에 걸리지 않았다. 아직 코로나에 걸리지 않은 사람은 사교성이 없는 증거라고 누군가 농담처럼 말했다.

지난 해 여름이었다. 어느 날 몸이 지독하게 아팠다. 나는 몸살이라고 생각했다. 열이 올라 코로나 자가 진단을 했더니 양성이었다. 하루가 지나 열은 내렸지만 이제는 목이 따끔거리고 침을 삼키는 게 힘들었다. 이틀이 지났다. 몸이 욱신욱신 쑤시고 아팠다. 닷새 동안 계속 누워 지냈다.

페스트는 언제라도 다시 나타날 수 있다는 말로 소설은 끝난다. 페스트는 어떤 형태로든 반복된다. 소설의 인물들은 어려움 속에서 자신의 역할을 잘 수행함으로써 힘든 시기를 극복한다. 살면서 위기가 닥쳐도 함께 연대해 충분히 극복할 수 있음을 코로나 경험을 통해 확인했다.

페스트 간균은 결코 죽거나 사라지지 않고 수십 년간 가구나 옷 속에서 잠들어 있을 수 있어서 방, 지하실, 짐 가방, 손수건, 폐지 속에서 참을성 있게 기다리다가 불행과 교훈을 주기 위해 쥐들을 깨워 어느 행복한 도시로 보낼 날이 분명 오리라는 사실을 말이다. p.391

코로나가 할퀴고 지나간 후 일상에도 많은 변화가 있었다. 장례식 조문 방식도 바뀌고, 조의금도 계좌로 입금한다. 여럿이 모여 활동하는 것보다 컴퓨터 모니터를 통해 회의나 수업을 진행한다. 이런 변화는 시간을 절약하는 장점도 있다. 관계의 깊이라는 측면에서 아쉬운 점도 있지만 이 시기에 혼자 산책하면서 내면과의 대화를 마음껏 즐길 수 있어서 좋았다. 어떤 삶을 살아야 할지 진지하게 고민하게 해준 시기였다. 책 속의 수많은 인물을 통해 나를 탐구하는 귀한 시간이었다.

안톤 체호프, 『체호프 단편선』
박현섭 옮김
민음사

삶의 무대 위에서

둘째가 고2 때였다. 어느 일요일에 아이가 종일 방에서 나오지 않았다. 저녁때가 되어 밥 먹자고 아이를 부르려 방문을 열었다. 아이 두 눈에 눈물이 그렁그렁 고여 있었다. 볼에 눈물이 흘러내렸다. 무슨 일 있냐고 물었다. 성적 때문에 스트레스가 심했다. 어떻게든 아이의 문제를 해결해 주고 싶었다.

"누가 엄마에게 해결해 달라고 했어? 그냥 들어주면 안 돼?"

이후 아이는 상담센터에서 몇 달간 상담을 받았다. 대화를 마친 후 상담사는 아이 말을 잘 들어주라는 부탁을 되풀이했다.

누구나 각자의 사연을 안고 산다. 삶이라는 무대 위에서 자기 생각과 태도, 습관으로 캐릭터를 구성한 채 연극처럼 살고 있다. 희극 배우 찰리 채플린은 '인생은 가까이서 보면 비극이지만, 멀리서 보면 하나의 희극'이라고 말했다. 우리는 삶의 모순과 부조리를 알면서도 그렇게 살아간다.

『체호프 단편선』에서 작가는 다양한 인간 군상의 모습을 그리며 특유의 유머 감각을 잃지 않는다. 안톤 체호프는 에드거 앨런 포, 모파상과 더불어 세계 3대 단편 작가 중 한 명으로 손꼽힌다. 삶과 죽음, 불안과 두려움, 복잡하고 미묘한 인간관계를 예리하고 명쾌하게 분석한다.

「관리의 죽음」에서 드미트리지 체르뱌코프는 극장에서 공연 관람 중에 재채기를 한다. 그 바람에 앞줄에 앉아있던 장군에게 침이 튄다. 그는 마음이 불편해 장군을 몇 차례 찾아가 사과하지만, 장군은 그의 사과를 받아주지 않는다. 그는 불안함과 두려움에 사로잡혀 집으로 돌아와 옷도 벗지 못한 채 죽어버린다. 사람은 살면서 누구나 실수할 수 있다. 부하직원이 사과했음에도 너그럽게 받아주지 못하는 상사는 배려심이 부족한 사람이다. 진심으로 사과했으면 자신의 할 일은 다 한 것 아닐까? 상대가 내 사과를 받아주지 않는다면 더 이상 내게 책임이 남아있지 않다.

「공포」에는 화자인 나, 부부인 드미트리 페트로 비치와 마리야 세르게예브나, 이렇게 세 사람이 나온다. 마리야는 나를 좋아한다. 드미트리 페트로 비치는 우리 두 사람 사이의 비밀을 알면서도 모른 척한다. 그런데도 두 사람은 이혼하지 않는다. 살면서 정작 두려운 게 무엇일까? 무관심일까? 메말라가는 사랑일까?

내가 가장 무서워하는 것은 진부함이에요. 왜냐하면, 우리 중 누구도 거기에서 벗어날 수 없기 때문이지요. 내 행동 중에서 무엇이 진실이고 무엇이 거짓인지 가려낼 능력이 없다는 사실은 나를 전율하게 만들어요. (중략) 내 일생은 자신과 타인을 감쪽같이 속이기 위한 나날의 궁리 속에서 흘러갔다고 해도 과언이 아니지요. 나는 죽는 순간까지 이런 거짓에서 벗어날 수 없다는 생각 때문에 무섭습니다. p.20

「베짱이」의 주인공 올가는 예술에 관심이 없는 남편을 구박한다. 올가의 삶은 지적 허영심과 어리석음으로 가득하다. 그녀는 남편이 죽고 나서야 뒤늦게 후회한다. 올가를 보니 거울 속의 내 모습을 마주 보는 기분이다. 책을 안 읽는 남편에게 나는 종종 책 좀 읽으라고 잔소리를 한다. 남편은 그런 말에 조금도 흔들리지 않는다. 남편은 책은 읽지 않지만 지혜롭게 사는 것 같다. 후회할 일을 만들지 말자.

「드라마」에는 유명한 작가와 작가 지망생이 나온다. 작가 지망생 무라슈키나는 자신의 글을 한번 봐 달라고 유명 작가 파벨 바실리치를 찾아간다. 그녀는 작가 앞에서 자신의 글을 읽는다. 작가는 지루하기 짝이 없는 그녀의 글을 계속 듣는다. 인내심의 한계에 이른다. 작가는 비명을 지르며 묵직한 문진으로 그녀의 머리통을 친다. 작가는 무죄를 선고받는다. 가장 공감했던 작품이다. 오래전에 몇 편의 글을 써서 작은 아이에게 한번 봐달라고 부탁했다. 아이는 내 글을 기숙사에 가지고 갔지만, 연락이 없었다. 한 달 뒤에 글에 대한 소감을 들었다. '잘 쓰긴 했는데 고칠 데가 많다.'고 했다. 부끄러웠다.

「내기」에는 부유한 늙은 은행가와 손님인 젊은 변호사가 나온다. 두 사람은 사형과 종신형 중에서 어느 형벌이 윤리적으로 나은지 논쟁을 벌인다. 사형이 더 윤리적이고 인간적이라고 주장하는 은행가는 젊은 변호사가 독방에서 15년 동안 버틴다면 200만 루블을 준다고 내기를 한다. 종신형이 낫다고 주장한 젊은 변호사는 감금된 상태에서 책을 통해 지혜로운 사람이 된다.

그대들의 책은 나에게 지혜를 가져다주었다. 지칠 줄 모르는 인간의 사고 능력으로 몇 세기에 걸쳐 이룩해 낸 모든 것들이 나의 두개골 속에서 작은 언덕으로 쌓였다. 내가 그대들 누구보다도 현명하다는 것을 나는 안다. 또한, 나는 그대들의 모든 책을 경멸한다. 이 세상의 모든 행복과 지혜를 경멸한다. 그 모두가 시시하고 무상하며, 신기루처럼 공허하고 기만적이다. (중략) 그대들은 분별을 잃고 잘못된 길을 걷고 있다. 그대들은 거짓을 진실로 받아들이고 추악한 것을 미美로 받아들이고 있다. p.147

「티푸스」에는 젊은 중위 클리모프가 나온다. 그는 티푸스에 걸려 집에 간다. 증상이 악화되어 고통을 호소하며 혼수상태에 빠진다. 깨어나 보니 간호 중인 여동생이 전염되어 죽는다. 그는 자신이 살았다는 기쁨과 동생을 잃어버린 상실로 인해 혼돈에 빠진다. 나의 기쁨은 또 다른 누군가에게 슬픔의 씨앗일 수 있다.

이 무시무시한 뜻밖의 소식은 클리모프의 의식 속으로 온전하게 전달되었지만, 그것이 아무리 무섭고 강력한 것일지라도 회복기의 중위를 가득 채우고 있는 동물적인 기쁨을 이기지는 못했다. 그는 울며 웃었고, 이내 먹을 것을 주지 않는다고 투정하기 시작했다. p.160

「주교」는 작가가 죽음을 앞둔 시점에서 쓴 글이다. 자신의 죽음을 응시하는 구절이 자주 등장한다. 살아있을 때 수많은 사람에게 관심을 받던 사람도 언젠가는 죽는다. 이 세상을 떠나면 잊혀진 존재가 될 수 있는 우리의 운명이 서글프다. 어떻게 살아야 하는가?

한 날 뒤에 새 대리 주교가 임명되었으며, 그때는 이미 아무도 표트르 예하에 대해 생각하지 않았다. 그리고 사람들은 완전히 그를 잊어버렸다. 다만, 지금은 먼 시골 마을에서 보제인 사위의 집에 얹혀살고 있는 고인의 늙은 어머니만이 저녁이 되어 암소를 들여놓기 위해 여자들이 모일 때면 아이들 얘기, 손자들 얘기 그리고 자기에게 주교 아들이 있었다는 얘기를 꺼내곤 했다. p.188

안톤 체호프 단편을 통해 다양한 성격과 기질을 가진 사람들을 만났다. 우리는 소설 속의 이야기처럼 행복하거나 불행하거나 우울하거나 권태로운 삶을 이어간다. 체호프는 작품을 통해 따뜻한 리얼리즘을 구현해내고 있다. 삶의 본질과 근원적인 질문을 독자에게 끊임없이 던진다.

체호프의 인물들은 도대체 요만큼도 발전이란 걸 이뤄내는 경우가 없다. 그의 작품엔 중심인물도 없고, 이렇다 할 갈등도 없고, 대개 줄거리도 빈약하다. 등장인물의 성격은 그들의 행위를 통해 드러나는 것이 아니다. 오히려 그들의 무위無爲 속에서 나타난다. 그들은 차를 마시고, 주로 하찮고 시답잖은 이야기를 나누고, 간혹 살짝 연애질을 하고, 간혹 철학을 논해본다. 한마디로 체호프의 인물들은 권태롭고, 그리고 불행하다. 모두가 권태롭고 모두가 불행하다. 다만 독자는 그렇지 않다. 마르셀 라이히라니츠키의 『작가의 얼굴』 중

“

이 세상을 떠나면
잊혀진 존재가 될 수 있는
우리의 운명이 서글프다.
어떻게 살아야 하는가?

”

귀스타브 플로베르, 『마담 보바리』
김화영 옮김
민음사

사랑은 지는 꽃도 남기고

결혼하면 삶이 달라질 줄 알았다. 결혼하면 새 아파트에서 살 줄 알았다. 이상과 현실의 차이는 좁혀지지 않았다. 남편은 결혼 전에 식당을 운영했는데 IMF로 하던 사업을 정리했다. 그렇다고 내가 돈을 많이 저축한 것도 아니었다. 이것저것 배우러 다닌다고 모아둔 돈이 많지 않았다. 신혼집은 단독주택에서 전세로 시작했다. 돈이 모자라 은행에서 대출받았다. 월급을 받아도 대출금을 갚고 나면 빠듯했다.

그러던 어느 날, 같은 부서에 근무하던 동료가 결혼했다. 그녀는 시어머니가 선물해 준 하얀 자동차를 타고 출근했다. 시어머니는 그녀의 월급보다 더 많은 돈을 생활비로 주었다. 더 이상 직장에 다닐 이유가 없었는지 그녀는 곧 사표를 냈다. 나는 결혼하고도 직장을 계속 다녔다. 올케와 언니에게 어린아이를 맡기고 출근했다. 주말에 아이와 시간을 보내다보면 나를 위한 시간은 늘 부족했다.

『마담 보바리』는 평범한 여성이 꿈과 현실의 차이로 인해 경험하게 된 비극적 종말의 서사다. 엠마는 책을 읽으며 문학에 푹 빠진다. 엠마는 책에서 읽은 대로 희열과 정열, 도취감이 실제로 인생에서 어떤 의미인지 호기심이 생긴다. 그녀는 이상형 남편감과 달리 평범한 시골 의사와 결혼한다. 곧 결혼 생활에 염증을 느끼고 사치와 방탕의 늪에 빠진다. 빚을 잔뜩 지고 결국 음독자살한다. 로맨틱한 사랑의 환상과 지나친 욕망이 얼마나 무서운지 소설을 통해 배운다. 누구나 꿈꾸는 행복과 사랑은 절로 오는 게 아니라는 걸 깨닫는다.

엠마는 야위어 갔다. 두 뺨은 창백해지고 얼굴은 길어졌다. 그녀의 검은 머리채, 커다란 두 눈, 곧은 콧날, 새와도 같은 걸음걸이, 게다가 이제는 항상 침묵에 잠겨 있는 그 모습은, 마치 삶에 닿을 듯 말 듯 스쳐만 지나가는 것 같고 그 무슨 숭고한 숙명의 알 수 없는 표적을 이마에 새겨 가지고 있는 것 같아 보이지 않는가? 그녀는 동시에 너무나도 슬프고 너무나도 차분하고 너무나도 부드럽고 또 다소곳했기 때문에 그녀의 곁에 가까이 가는 사람은 마치 교회 안에서 대리

석의 냉기가 서린 꽃향기에 몸이 으스스 떨리듯, 그 어떤 싸늘한 매혹에 사로잡히는 느낌을 지울 수 없었다. 다른 사람들도 이 같은 매혹에서 벗어나지 못했다. p.158

엠마는 아내로서, 며느리와 엄마로서의 본분을 지키지 못한다. 욕망을 채우기 위해 귀족의 삶을 동경했지만 엠마는 비겁한 남자들에게 버림받는다. 남편은 아내의 방탕한 생활을 보고도 원망하지 않고 이를 운명 탓으로 돌린다. 착한 남편이다. 세상에 이런 남편이 어디 있으랴!

나는 그녀에게 혼례 때의 의상을 입히고 흰 구두를 신기고 머리에 꽃으로 만든 관을 씌워 묻어주기를 바랍니다. 머리카락은 양쪽 어깨 위로 늘어뜨려 주십시오. 관은 세 겹으로 하되 하나는 참나무, 하나는 마호가니, 하나는 납으로 해주시기를 바랍니다. 나에게 더 이상 아무 말도 하지 말아주시기를 바랍니다. 뜻을 관철할 힘은 있습니다. 특히 그녀를 커다란 녹색의 비로드 천으로 덮어주시기를 바랍니다. 이상이 본인의 뜻입니다. p.473

엠마는 왜 죽음을 선택했을까? 사는 게 지겨워서? 애정 없는 결혼은 의미가 없어서? 결혼의 환상과 현실이 달라서? 자신이 꿈꾸는 삶을 실현하지 못해서? 사치품을 구하려다 빚을 진 게 부끄러워서? 결국 욕망의 노예가 된 엠마는 죽고, 남편은 슬픔을 주체하지 못한다. 엄마를 잃은 딸 베르트는 돈을 벌기 위해 공장에 일하러 다닌다.

엠마는 명품에만 관심이 있고 집안 살림은 뒷전이다. 늘어난 채무 때문에 곤경에 처하자, 루돌프를 찾아가 돈을 구걸하는 장면은 참담하다. 소설의 끝부분에 약제사 오메의 승승장구하는 모습을 볼 수 있다. 반전이다. 몽상가는 죽고 현실 감각이 뛰어난 사람만이 살아남는다. 나 자신을 보는 것 같아 부끄럽다.

이 책을 몇몇 동료와 함께 읽었다. 광안대교와 수영강 야경이 내려다보이는 레스토랑에서 만났다. 파스타와 피자로 출출한 배를 채우고 슬금슬금 보바리 부인을 꺼냈다. 묘사가 길어 약간의 지루함도 있었지만, 모두 충실하게 잘 읽어왔다.

"대단하다. 끊임없는 묘사의 극치를 보았다."

"장소에 대한 풍경, 인간의 갈등과 심리 묘사가 치밀하다."

"인간의 본성은 옛날과 비교해 달라진 게 없다."

"평범한 현실의 불만족으로 자기 환상을 가진 엠마의 삶을 통해 자신은 어떤 삶을 살고 있는지 되짚어 봤다."

풍부한 견해들이 쏟아졌다. 엠마의 욕망 외에 약제사 오메의 허영과 명예, 장사꾼 뢰르의 비열함, 여자 측면에서 바라본 로돌프와 레옹의 치사한 행동 등에 대해 우리는 이야기꽃을 활짝 피웠다. 아마도 그날 밤 우리에게서는 봄바람에 휘날리는 아카시아 꽃처럼 짙푸른 향기가 진동했을 것이다.

오노레 드 발자크, 『고리오 영감』
박영근 옮김
민음사

속불근성도 근성이야

엄마의 여든 생일날이었다. 엄마는 알뜰하게 모은 돈을 다섯 형제에게 똑같이 나눠주었다. 엄마가 돈을 어떻게 모았는지 잘 안다. 엄마는 가난한 집에 시집왔다. 가난의 대물림을 끊기 위해 평생을 억척스럽게 살았다. 그 고생을 어찌 다 헤아릴 수 있으랴. 마침 그 시기에 아파트 담보대출을 갚느라 힘들었기에 덥석 그 돈을 받아 은행 빚부터 갚았다. 세 오빠와 언니도 나와 비슷한 상황이었다.

엄마는 내가 태어나기 전부터 보따리 장사를 했다. 광주리를 머리에 이고 마을을 돌아다녔다. 형편이 조금 나아지면서 읍내에 점포를 얻어 채소 장사를 했다. 고등학교에 다닐 때까지 엄마가 고생하는 것을 보면서 자랐다. 엄마에게 가난은 벗어나고 싶은 한恨이었다. 엄마는 어떻게든 돈을 모아 한 가정을 일구고 싶었다. 엄마는 아버지가 세상을 떠나면서 남겨 준 국민연금으로 생활한다. 엄마는 가난한 시절 우리에게 풍족한 지원을 못해 준 게 마음에 걸렸다. 그런데도 무탈하게 잘 살아줘서 고맙다고 말했다.

부모의 재산을 탕진하고 결국에는 아버지를 버린 두 딸의 세속적 욕망과 허영심을 그린 작품이 있다. 오노레 드 발자크의 『고리오 영감』이다. 고리오 영감은 신분 상승을 위해 두 딸을 백작과 남작에게 지참금과 함께 시집보낸다. 으젠 드 라스티냐크는 가난한 지방 귀족 출신으로 파리 유학생이다. 그는 공부보다 출세하려는 욕망이 더 크다. 친척의 소개로 파리 사교계에 발을 들인다. 그는 고리오 영감의 둘째 딸 남작 부인과 사귀면서 신분 상승의 야심찬 꿈을 꾼다. 고리오 영감은 라스티냐크와 그의 친구의 병간호를 받으며 산다. 그는 죽음을 앞두고 두 딸의 이름을 허망하게 부른 뒤 저주와 축복의 말을 번갈아 하면서 끝내 숨을 거둔다.

내 딸년들은 결코 내 슬픔이나 고통이나 궁핍을 알아챌 줄 모르고 있네, 내 죽음까지도 이해하지 못할 걸세, 내 깊은 사랑조차도 모르고 있지. (중략) 나는 너무도 어리석었네, 그 애들 자식들이 나를 위해 복수할 거야, 그 애들이 여기에 온다는 것은 이해관계 때문이야. 따라서 그 애들이 아비를 죽이는 것이라고 전해 주게! p.374

엄마는 시골에서 혼자 산다. 치매 검사 결과는 경도 인지장애로 나왔다. 치매 전 단계다. 얼마 전에 엄마한테 다녀왔다. 엄마는 그동안 모아둔 통장을 보여주었다. 죽을 때까지 다 쓰지도 못하니 자식에게 나눠줄 생각이라고 했다.

우리 다섯 형제는 매달 10만원씩 지정된 계좌에 돈을 모은다. 매달 50만원이 차곡차곡 쌓인다. 그 돈 중에서 제사를 지내는 큰 오빠에게 설과 추석 그리고 제사 때 일정 금액을 지원한다. 그 외 엄마와 형제들이 모이면 그 돈에서 비용을 지불한다. 엄마에게 제안을 했다. 돈을 주고 싶다면 회비 통장에 넣어달라고 말했다. 먼 훗날 엄마에게 무슨 일이 생기면 그 돈을 쓰면 좋겠다 싶었다. 엄마는 동의했다.

밥맛 떨어지겠고. 한 시간 전부터 영감에 대해서 온갖 얘기를 다 하지 않았소? 파리라는 좋은 도시에서 누릴 수 있는 특권의 하나는, 누구의 눈에도 띄지 않게 태어나서 살다가 죽을 수 있다는 것이오. 그러니 이러한 문명의 혜택을 누립시다. 오늘도 죽은 사람이 육십 명이나 되는데, 파리에서 죽은 그 많은 사람에게 일일이 애도의 뜻을 표하겠다는 말이오? 고리오 영감이 뻗었다면, 본인으로서는 차라리 다행한 일이지! 영감을 좋아한다면 가서 보살피시지, 그리고 남은 사람들은 조용히 식사나 하게 해주시오. p.391

고리오 영감은 두 딸의 행복을 위해 모든 재산을 써버리고 마지막 남은 은그릇까지 팔아버린다. 두 딸은 아버지를 자기 집에 들이지도 않다가 돈이 필요할 때만 아버지를 찾는다. 아버지가 사경을 헤매는 동안은 물론이거니와 죽은 후에도 장례식장에 오지도 않고 장례비용도 내지 않는다. 고리오 영감이 죽을 때 장례를 치른 사람은 라스티냐크였다. 그는 해질 무렵 파리 외곽의 공동묘지에 고리오 영감을 묻는다. 그는 무덤가 옆에서 파리 시내를 내려다보며 다음과 같이 외친다.

"이제부터 파리와 나의 대결이다." p.396

몇 년 전 엄마는 고관절 수술을 하고 병원에서 한 달간 머물렀다. 자식들이 직장에 매여 있어 어쩔 수 없이 간병인 서비스를 받았다. 이래저래 병원비가 꽤 나와 모아둔 회비로 비용을 지불했다. 퇴원하고 엄마는 병원비용을 입금해 주었다. 자식에게 피해를 주고 싶지 않은 마음일 것이다. 엄마가 자식에게 돈을 주지 말고 죽을 때까지 엄마 자신을 위해 잘 쓰길 바라는 게 내 겉마음이다. 그러나 솔직한 마음은 엄마가 아플 때는 엄마 돈으로 해결이 되었으면 좋겠다. 내 안에도 속물근성이 그득하다.

“

우리는 이야기꽃을 활짝 피웠다.
아마도 그날 밤 우리에게서는
봄바람에 휘날리는 아카시아 꽃처럼
짙푸른 향기가 진동했을 것이다.

”

고난과 역경은 언제나 새 힘의 근원이다.

고난과 역경 앞에서 결코 낙심하지 말라.

오히려, 그것을 딛고 일어서서 더 멀리 바라보라.

그것을 발판으로 하여 더 멀리 뛰어라.

-버트런드 러셀

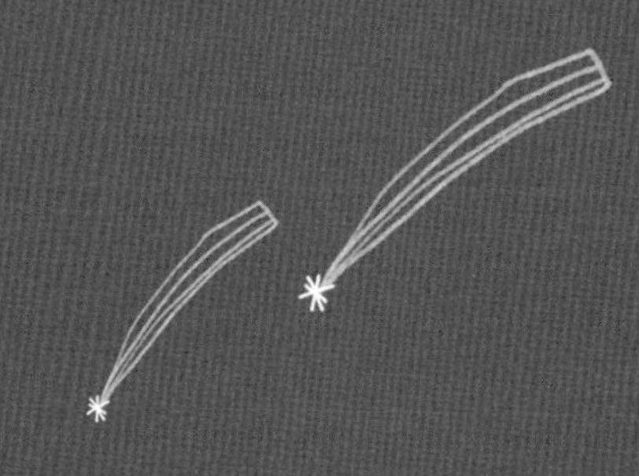

풀코스의 기쁨과 슬픔

6부

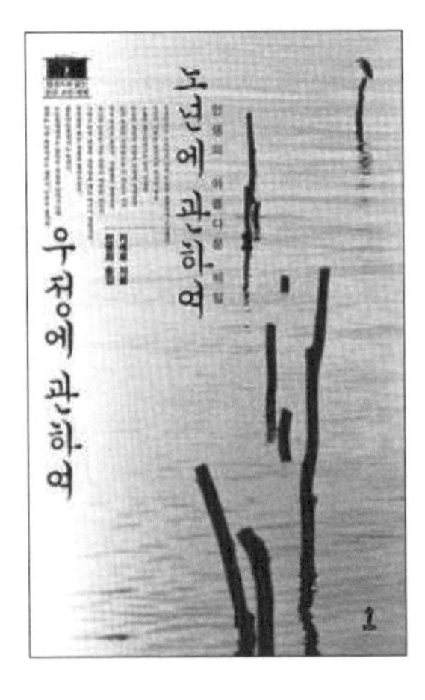

마르쿠스 툴리우스 키케로, 『노년에 관하여』
천병희 옮김
숲

노년에 더 강해지는 힘

아침에 눈을 뜨니 방 안이 빙빙 돌았다. 회전목마라도 탄 기분이었다. 중심을 잃지 않으려고 두 발에 힘을 실었다. 정신을 가다듬고 한동안 생각에 빠졌다.

'빈혈인가?'

검사 결과 이석증이었다. 의사는 스트레스를 받으면 나타나는 증상이라고 했다. 주위에 몇몇 사람은 한두 번씩 겪었다던 일이다. 한의원을 찾아가 몇 가지 검사를 했다. 면역력이 떨어졌으니 회복될 때까지 조심하라고 했다. 그 무렵 석 달 넘게 감기를 달고 살았다. 충분히 쉬지 못했다. 제발 쉬라고 몸이 신호를 보냈는데 이를 무시하고 하던 일을 계속 했었다. 이석증을 겪은 후로는 몸이 피곤하면 그냥 쉰다. 나이를 먹으면 원하지 않은 불청객이 수시로 찾아온다.

힘이 있으면 그러한 재산을 쓰되, 없다고 아쉬워하지 말게, 청년이 소년 시절을, 또는 장년이 청년 시절을 아쉬워해서는 안 되는 것이라면 말일세, 인생의 주로[走路]는 정해져 있네, 자연의 길은 하나뿐이며, 그 길은 한 번만 가게 되어있지, 그리고 인생의 매 단계에는 고유한 특징이 있네, 소년은 허약하고, 청년은 저돌적이고, 장년은 위엄이 있으며, 노년은 원숙한데, 이런 자질들은 제철이 되어야 거두어들일 수 있는 자연의 결실과도 같은 것이라네. [p.44]

이석증이라는 불청객이 다녀간 후부터 몸의 이상 신호가 하나 둘씩 늘어갔다. 허리디스크가 찾아와 MRI를 찍어봤다. 진단 결과 요추 추간판 탈출증이라고 했다. 척추뼈 사이의 추간판 조직이 손상되어 자리를 이탈하고 척추 신경을 압박했다. 허리가 심하게 아프지는 않지만, 다리로 이어진 신경이 눌리면서 걸을 때 다리가 찌릿찌릿하는 증상이 수시로 찾아왔다. 오랫동안 자리에 앉아 일하는 사람에게 나타나는 흔한 증상이다.

나는 노년이 비참해 보이는 네 가지 이유를 발견하게 되네. 첫째, 노년은 우리를 활동할 수 없게 만들고, 둘째, 노년은 우리 몸을 허약하게 하며, 셋째, 노년은 우리에게서 거의 모든 쾌락을 앗아가며, 넷째, 노년은 죽음에서 멀리 떨어져 있지 않다는 것이지. 자네들만 좋다면, 이런 이유가 과연 얼마나 타당하고 옳은지 하나하나 살펴보도록 하세. p.29

로마시대 마르쿠스 툴리우스 키케로가 쓴『노년에 관하여』에는「노년에 관하여」와「우정에 관하여」두 편이 실려있다.「노년에 관하여」는 키케로의 친구 앗티쿠스에게 헌정한 대화편이다. 30대 스키피오와 라일리우스의 요청에 따라, 84세의 대大카토가 노년의 짐을 어떻게 참고 견디는 것이 최선의 방법인지 조곤조곤 들려준다. 고대 철학자는 늙음이 꼭 슬프거나 황량한 것만은 아니므로 노년의 삶을 즐기라고 말한다.

왼쪽 어깨가 아프다. 팔을 올릴 때 통증이 심하다. 단추가 없는 상의를 입고 벗을 때 불편했다. 병원에서 회전근개 파열이라고 했다. 회전근개는 어깨 관절 주위를 덮고 있는 네 개의 근육이다. 이들 근육은 어깨 관절의 회전 운동 및 안정성을 유지하는 역할을 한다. 이 중 하나라도 파열되면 통증이 온다. 의사는 수술할 정도까지는 아니라고 했다. 통증클리닉을 다니며 관절을 부드럽게 하는 주사를 몇 차례 맞았다. 고수파 지료와 냉각 치료를 받지만 별 효과는 없었다. 파열된 힘줄은 회복하기 어렵고 파열 범위가 넓어질수록 힘줄이 끊어질 확률이 높아 수술해야 한다. 아직은 그 단계까지 진행된 게 아니라서 다행이다.

나이와 더불어 아픈 곳이 늘어가지만 그래도 좋다. 주어진 시간을 열심히 살았으니 그 대가를 치른다는 생각을 한다. 이제는 지나간 시간을 후회하지 않는다. 누군가는 다시 이십 대로 되돌아가고 싶다지만 나는 그렇지 않다. 내가 일궈온 지금의 일상이 최상이다. 나이가 들면 좋은 점도 있다. 남의 말에 휘둘리지 않고 신념대로 살 수 있다. 내 시간을 온전히 사용할 수 있다. 퇴근 이후 같이 놀자는 사람이 없어 좋다. 혼자 있으면서 읽고 싶은 책을 읽을 수 있다.

새로운 손님이 찾아왔다. 아침에 일어났는데 열 손가락이 펴지지 않고 뻣뻣했다. MRI를 찍어보니 퇴행성관절염이었다. 냉각 치료, 레이저 치료, 파라핀 치료를 받았다. 빨리 낫고 싶어 한의원에도 다녔다. 침을 맞으면 조금 나아진다. 의사는 손가락을 무리하게 사용하지 말라고 경고했다. 직장에 다니며 일도 하고 글도 써야 하는데 난감하다.

노년에 관한 최선의 무기는 학문을 닦고 미덕을 실천하는 것이네. 미덕이란 인생의 시기를 통해 그것을 잘 가꾸면 오랜 세월을 산 뒤에 놀라운 결실을 가져다주지. 왜냐하면, 미덕은 생의 마지막 순간에도 결코 우리를 저버리지 않을 뿐 아니라(이것이 가장 중요한 이유라네), 훌륭하게 살았다는 의식과 훌륭한 일을 많이 했다는 기억은 가장 즐거운 것이 되기 때문일세. p.23

몸은 늙어가지만, 언륜과 지혜 그리고 정신의 힘으로 할 수 있는 게 많다. 꽃다운 청춘을 불사르는 젊은 세대의 삶을 부러워할 게 아니다. 수많은 세월 속에서 격정과 인내를 겪어온 노년의 삶은 원숙함과 미덕 그 자체다. 이제 노년의 시간을 온전히 내 삶으로 녹일 줄 알아야 한다. 학문과 미덕이 노년의 행복에 얼마나 많은 영향을 미치는지 살면서 더 실험해볼 것이다.

슬퍼할 이유는 없네, 마치 즐거운 봄날이 가고 여름과 가을이 왔다고 농부가 슬퍼할 이유가 없듯이 말일세. 봄은 청춘의 계절이고 다가올 결실을 약속하지만, 다른 계절들은 그 결실을 베어 거두어들이기에 적합하기 때문이지. 노년의 결실이란 전에 이룩한 선善에 대해 회상할 일이 많다는 것일세. 자연과 조화를 이루는 것은 무엇이든 선으로 간주되어야 하네. 그런데 노인들이 죽음을 맞는 것보다 자연과 조화를 이루는 것이 또 어디 있겠는가? p.80

버트런드 러셀, 『행복의 정복』
이순희 옮김
사회평론

행복은 어디에 있나요?

치열한 삶이었다. 역량을 발전시키려고 비용과 시간을 아낌없이 썼다. 좌절해도 오뚝이처럼 일어나는 것이 습관이 되었다. 출근 전, 퇴근 이후, 주말에는 가족과 시간을 보내기보다 자기 계발을 위한 시간에 더 집중했다. 두 아이의 공부보다 내 발전에 우선순위를 둔 불량 엄마였다. 시간이 지날수록 욕심 때문에 아이에게 잘해주지 못한 게 미안했다. 하지만 이제 두 아이는 밥을 먹으면서 각자의 고민을 스스럼없이 밀힐 만큼 대견하게 컸다. 두 아이가 자신만의 방법과 지혜를 찾아 잘 살기를 바랄 뿐이다. 아이의 결정과 판단을 존중하고 따스한 관심과 응원밖에 해줄 게 없다.

버트런드 러셀은 '모든 이야기가 상식이 되고, 불행을 겪는 수

많은 독자가 자신을 진단해 탈출하고, 바람직한 방향으로 노력하면 행복할 수 있다'고 『행복의 정복』에서 말한다. '우리 곁에서 행복이 떠난 이유는 경쟁, 질투, 권태, 죄의식, 걱정, 피해망상'이라고 말한다. 불행은 남과의 비교에서 비롯된다. 직장에서 잘 나가는 동료를 만나거나, 좋은 집과 비싼 자동차를 타는 사람이 부러웠다. 그런 사람이 행복할 거라고 믿었다. 하지만 부와 명예가 반드시 행복을 가져다주는 것은 아니었다.

러셀을 알게 된 계기는 『러셀 서양 철학사』를 통해서였다. 고전 탐구 과정에서 함께 읽었다. 방대한 지식으로 독자를 압도하는 그는 수학자, 철학자, 평화운동가로서 수많은 저서를 남겼다. 그의 자서전인 『인생은 뜨겁게』 서문에서 인상적인 부분을 보았다.

'내 인생에서 강렬한 세 가지 열정이 있었다. 사랑의 갈망, 지식 탐구, 인류의 고통을 바라보는 연민이다.'

조용한 삶이 위인들의 특징이며, 위인들이 누렸던 외부인의 입장에서는 결코 흥미진진하게 보이지 않는 것이었다. 끈질긴 노력이 없이는 위대한 성취를 이룰 수 없다. 위대한 성취를 이루는 일은 고도의 정신 집중이 필요로 하는 어려운 일이다. 그렇기 때문에 위인들에게는 많은 정열을 요구하는 오락에 쏟아부을 만한 활력이 남아 있을 턱이 없다. (중략) 행복한 인생이란 대부분 조용한 인생이다. 진정한 기쁨은 조용한 분위기 속에서만 깃들기 때문이다. p.71~75

가진 게 많지 않아도 괜찮다. 하고 싶은 것, 가치 있는 일에 열정을 쏟고 만족할 만한 성과를 얻으면 충분하다. 그런 동력으로 또 다른 무언가를 찾아 몰입한다. 그게 행복한 인생이며 진정한 기쁨이다.

인간에 대한 따뜻한 관심은 사랑의 일종이다. 인간에 대해서 따뜻한 관심을 가진다는 것은 다른 사람을 지배하고 소유하기를 원하며, 언제나 명확한 반응이 되돌아오기를 바라는 사랑과는 전혀 다르다. 이런 사랑은 불행의 원천이 되는 경우가 많다. 행복을 가져오는 사랑은 다른 사람들을 관찰하기 좋아하고, 개인들의 특성 속에서 기쁨을 느끼는 사랑이며, 만나는 사람들을 지배하려고 하거나 열광적인 찬사를 받아내려고 하는 대신, 그들의 관심과 기쁨의 폭을 넓혀주려고 하는 사랑이다. 이런 태도로 다른 사람들을 대하는 사람은 사람들에게 행복을 가져다주는 원천이 될 것이며, 그 대가로 친절을 되돌려 받을 것이다. p.168

생활력과 열정을 가진 사람은 한 가지 관심 분야에서 좌절을 겪더라도, 인생과 세계에 대해 가지고 있는 관심사 하나하나를 협소하지 않게 유지할 수 있다면 어떤 위기 상황이 닥쳐도 그 불행을 극복해 낼 수 있다. 한 가지 또는 몇 가지 관심 분야에서 실패했다고 좌절하는 사람이 있다면, 대단한 감수성을 가졌다고 찬양할 것이 아니라 생활력이 부족하다고 탄식해야 할 것이다. p.246

좌절의 시간도 많았다. 마라톤 풀코스를 뛰며 중도에 그만두고 싶어 후회하는 시간도 많았다. 아무리 노력해도 테니스 실력이 늘지 않아 포기하고 싶었다. 일하면서 능력 부족을 핑계로 직장을 그만두고 싶을 때도 불쑥불쑥 찾아왔다. 수많은 시간이 흘렀다. 지나고 나니 아무것도 아니었다. 나이를 먹을수록 좌절하는 시간조차 아깝다. 글쓰기 실력이 늘지 않는다고 실망할 필요도 없다. 그럴 시간에 책 한 페이지라도 더 읽는 게 낫다.

아주 드문 경우를 제외하고는, 행복은 무르익은 과실처럼 운 좋게 저절로 입안으로 굴러들어 오는 것이 아니다. 그래서 나는 이 책에 '행복의 정복'이라는 제목을 붙였다. 이 세상은 피할 수 있는 불행, 피할 수 없는 불행, 병, 정신적 갈등, 투쟁, 가난, 그리고 악의로 가득 차 있다. 이런 세상에서 행복하게 살기를 원하는 사람은 개개인을 둘러싸고 있는 엄청나게 많은 불행의 원인을 다룰 방법을 찾아내야 한다.
p.249

행복과 불행은 생각의 차이에서 갈라진다. 모든 것은 마음먹기에 달려있다. 직장 생활이 힘들어 그만두고 싶을 때도 있지만, 아침에 일어나면 갈 데가 있으니 얼마나 좋은가, 라는 생각을 하면 직장 생활의 좋은 점들이 수두룩하게 떠오른다. 일하면서 다른 부서와의 갈등으로 예기치 않은 상황이 벌어지기도 하지만 이제는 문제에 집착할수록 루틴이 깨진다는 것을 안다. 책을 읽거나 글을 쓰면서 우울한 감정을 털어낸다.

모든 불행은 의식이 분열되거나 통합을 이루지 못한 데서 생긴다. 의식과 무의식이 조화를 이루지 못하면 자아 내부에 분열이 생기고, 객관적인 관심과 사랑의 힘으로 자아와 사회가 결합되어 있지 않으면 자아와 사회는 통합될 수 없다. 행복한 사람은 자아의 내적 통합인 통합이나 자아와 사회가 이루는 통합의 실패로 고통 받지 않는 사람이다. 행복한 사람의 인격은 분열되어 있지 않으며, 세상에 대항하여 맞서고 있지도 않다. p.266

러셀이 제시하는 행복의 해법은 분명하다. 자신만의 세계에 고립되지 말고 바깥 세계로 열정과 관심을 분산시키기. 권태에서 벗어나 활기차고 역동적인 삶을 살아보는 것이다.

'나'는 자유로워지고 싶은데, '세상'은 나를 경쟁 속에 떠밀어 넣고 이런저런 잣대로 평가하고 속박한다고 생각하는 경우가 많다. 하지만 러셀은 세상이야말로 나의 생존을 지탱하는 토대이며, 나에게 행복한 생활을 가져다주는 기회이므로, 외부 세계에 대해 열정과 관심을 가지고 세상과 교류하면서 행복을 찾아가라고 설득한다. p.271

이 구절에 공감한다. 나는 배움과 성취에 남다른 열정이 있다. 이것저것 하고 싶은 것도 많고 실행력도 빠른 편이다. 하면서 실수하거나 결과가 좋지 않아도 실망하거나 좌절하지 않는다. 안 되는 일에 마음 쓰는 것보다 실패 원인을 분석하고 실수를 줄여보는 게 효율적이다. 경쟁이나 비교는 훨훨 날려 보낸다.

행복한 사람은 자신이 우주를 구성하고 있는 한 성원임을 자각하고, 우주가 베푸는 아름다운 광경과 기쁨을 누린다. 행복한 사람은 자신의 뒤를 이어 태어나는 사람들과 동떨어진 존재가 아니라고 생각하기 때문에 죽음을 생각할 때도 괴로워하지 않는다. 마음속 깊은 곳의 본능을 좇아서 강물처럼 흘러가는 삶에 충분히 몸을 맡길 때, 우리는 가장 큰 행복을 발견할 수 있다. p.266

원하는 것을 소유하면 행복한가? 행복은 물질에 비례하는가? 어디든지 여행을 다니면 행복한가? 행복의 가치는 개인마다 다르다. 그러므로 우리는 먼저 행복해야 할 이유를 정립해 두어야 한다. 그 이유를 찾으면 인간은 저절로 행복해진다.

어쩌면 행복이란 소박한 일상에서 얼마든지 느낄 수 있는 경험일 것이다. 좋아하는 사람, 철썩철썩 들려오는 하얀 파도 소리, 따뜻한 커피 한 잔만으로 충분하다. 여기에 행복이 머물고 있음을 느끼는 포근한 마음만으로도 넉넉하다.

"

행복과 불행은
생각의 차이에서 갈라진다.
모든 것은 마음먹기에 달려있다.

"

공자, 『논어』
오세진 옮김
홍익출판사

한 걸음을 걷는 일

읽기 힘들었던 책이 『논어』였다. 어느 날 요즘 시대에 어울리는 풍부한 해설로 어려운 공자 철학을 쉽게 풀어 쓴 책을 만났다. 『논어』는 총 20편으로 공자의 생각, 제자의 물음, 제자와 대화, 평범한 사람들과 나눈 이야기들이 담겨있다. 마음에 새겨야 할 명언으로 가득하다.

자신은 능력이 있으면서 능력이 부족한 사람에게 묻고, 자신은 많이 알아도 조금 아는 사람에게 묻고, 자신은 있으면서도 없는 것처럼 하고, 가득 찼으면서도 빈 것처럼 하고, 남이 나에게 해를 가해도 보복하지 않는다. p.192

마음에 담아두고 실천해야 할 문장이다. 직장에서는 시간이 흐를수록 업무처리 능력도 떨어지고 자신감도 사라진다. 알았던 정보와 지식은 급변하는 시대에서 점점 빛을 잃어간다. 이제 누군가에게 내 의견을 고집하지 않는다. 상대가 자신의 주장을 앞세우면 그것을 일단 믿고 넘어가는 일도 자주 있다.

싹은 틔웠으나 꽃을 피우지 못하는 일도 있고, 꽃은 피웠으나 열매를 맺지 못하는 예도 있다. p.221

꽃을 피웠으나 열매를 맺지 못했다는 말은 제자 안회의 요절을 떠올리게 한다. 안회는 훌륭한 덕성으로 진보를 이루었으나 이른 나이에 생을 마감했다. 한편 이 구절은 세상 만물이 출생하지만, 성숙의 단계로 들어가지 못함을 의미하기도 한다. 중의적이다. 어떤 일을 추진하면서 만족스러운 결과를 얻지 못해도 이제 낙담할 필요가 없음을 깨닫는다. 과정을 즐기면서 여유로운 삶을 살고 싶다.

지혜가 충분히 그 직위를 담당할 수 있는 수준에 미치더라도 인[仁]으로 그 직위를 지킬 수 없으면 비록 직위를 얻더라도 반드시 잃게 된다. 지혜가 충분히 그 직위를 담당할 수 있는 수준에 미치고 인[仁]으로 그 직위를 지킬 수 있어도, 위엄 있는 모습으로 백성을 다스리지 않으면 백성이 공경하지 않는다. 지혜가 충분히 그 직위를 담당할 수 있는 수준에 미치고 인仁으로 그 직위를 지킬 수 있으며 위엄 있는 모습으로 백성을 다스릴 수 있더라도, 백성을 예법대로 부리지 않는다면 좋다고 할 수 없다. [p.369]

지식이 풍부한 사람이 주위에 많다. 그들은 공부도 잘하고 업무 처리도 똑똑하게 잘한다. 젊은 시절에는 그런 사람이 부러웠지만, 이제는 현명하게 사는 사람에게 눈길이 더 간다. 어떻게 그들처럼 지혜롭게 살 수 있을까, 고민이 깊어진다.

태어나면서부터 도를 아는 사람은 최상이고(성인), 배워서 아는 사람은 그다음이고(현인), 인생에서 막힘을 경험하고 나서 배우는 사람은 또 그다음이다. 인생의 막힘을 경험하고서 배우지 않는 사람은 최하로 어리석은 사람이다. [p.385]

살면서 지켜야 할 도리가 많다. 위아래로 공경하고 정성을 쏟으며 살아야 한다. 남과 경쟁하며 상대에게 상처를 주고받는다. 때로는 그런 아픔을 안고 상처가 아물기를 기다려야 할 때도 있다. 마음의 평화와 평정심을 잃지 않고 어떤 상황에서도 중심을 잡고 살고 싶다. 그래서 아침마다 『논어』의 몇 구절을 읽고 출근한다. 까칠한 사람을 만나 무너질 때도 『논어』 한 구절 덕분에 심리적 안정과 삶의 지혜를 얻기도 했다.

'반부논어 치천하半部論語 治天下'라는 고사성어가 있다. 논어의 절반만 읽어도 천하를 다스릴 수 있다는 말이다. 『논어』의 주옥같은 문장들은 일상에서 실천하기가 어렵다. 그럼에도 불구하고 그렇게 살아보려 노력하는 중이다.

말을 내뱉기 전에 먼저 행동하고, 그다음에야 말이 행동을 뒤따르게 하는 사람이다. p.66

한 해가 저물어 가고 있다. 연초에 계획했던 마라톤을 다시 시작하겠다는 목표는 물거품이 되었다. 대회용 신발은 한 번도 신지 못했다. 새롭게 시도해 보려 했던 매일 한 편씩 글쓰기, 일주일에 시 한 편 외우기 등 몇 가지 목표도 마음만 앞서고 실천을 제대로 못해 부끄럽다.

인생은 질문과 해답을 찾아가는 과정의 연속이다. 고전을 통해 삶을 성찰하고 지혜를 익히면서 내 삶에 스며들게 해야 한다. 깨달음, 자아 성찰, 인격 수양을 통해 삶이 변화하기를 기대한다. 한 구절이라도 읽고 실천한다면 그야말로 최상이다.

"

어떤 일을 추진하면서
만족스러운 결과를 얻지 못해도
이제 낙담할 필요가 없음을 깨닫는다.
과정을 즐기면서 여유로운 삶을 살고 싶다.

"

주희 엮음, 『대학·중용』
김미영 옮김
홍익출판사

지극한 성실함

주희는 사서를 읽을 때 『대학』, 『논어』, 『맹자』, 『중용』의 순서로 읽기를 권한다. 『대학』에서 규모를 정하고, 『논어』에서 근본을 세우며, 『맹자』에서 드러내고 뛰어넘는 바를 관찰하고, 『중용』에서 옛사람이 추구한 미묘한 지점을 구하라는 의미일 것이다. 『대학』은 학문의 기본자세를 알고, 왜 공부해야 하는지 등 공부의 방향을 제시한다. 『논어』와 『맹자』를 통해 유가 사상을 몸과 마음으로 배울 수 있다. 『논어』와 『맹자』가 구체적 대화로 실천을 강조한다면, 『대학』과 『중용』은 자기 수양의 방법을 제시한다.

『대학』은 경經 1장에서 '대학의 도는 밝은 덕을 밝히는 데 있으며, 백성을 새롭게 하는 데 있으며, 지극한 선에 머무는 데 있다.'라는 문장으로 시작한다.

자신의 의지를 성실하게 한다는 것은 자신을 속이지 않는다는 것이다. 악을 싫어하기를 마치 악취를 싫어하듯이 하고, 선을 좋아하기를 마치 미인을 좋아하듯이 하는 것, 이것이 스스로 만족하면서 흔쾌히 선을 행하고 악을 제거한다는 의미다. 그러므로 군자는 반드시 홀로 있을 때 신중하게 행동한다. 『대학』 전 6장, p.81

닮고 싶은 선배가 있다. '신독愼獨'은 혼자 있을 때조차 몸과 마음을 바르게 하는 경지다. 그는 수첩의 표지에 이를 써 붙이고 다녔다. 볼 때마다 스스로를 살펴보았다고 했다.

자신이 아랫사람의 위치에 있을 때 윗사람에게서 본 싫어하는 모습으로 아랫사람을 부리지 말며, 자신이 윗사람의 위치에 있을 때 아랫사람에게서 본 싫어하는 모습으로 윗사람을 섬기지 말라. 그리고 자신이 뒷사람의 위치에 있을 때 앞사람에게서 본 싫어하는 모습으로 뒷사람에게 먼저 하도록 시키지 말며, 자신이 앞사람의 위치에 있을 때 뒷사람에게서 본 싫어하는 모습으로 앞사람을 따르지 말라. 또 자신이 왼쪽에 있을 때 오른쪽에서 본 싫어하는 모습으로 왼쪽과 사귀지 말며, 자신이 오른쪽에 있을 때 왼쪽에서 본 싫어하는 모습으로 오른쪽과 사귀지 말라. 이것이 '자신의 마음으로 미루어서 헤아려

보는 도'의 의미다. 『대학』 전 10장, p.98

직장 초년 시절 선배에게 일을 배웠다. 선배가 일을 시키면 왜 해야 하는지 묻지 않았다. 무작정 해보고 하나씩 배워가며 경험을 쌓았다. 요즘도 풋풋한 신규 직원을 만나면 과거의 내 모습을 보는 듯하다. 기나긴 직장 생활을 하는 동안 존경 받는 선배도 있지만, 주위 사람들을 인격적으로 모욕하거나 자기의 이익만 챙기는 선배들도 있었다. 속마음으로 저런 선배가 되지 않겠다는 다짐도 했었다. 어느덧 이제 내가 그 자리에 와 있다. 무례한 후배가 되지 않으면서 따뜻한 카리스마로 도움을 주는 선배가 되고 싶다. 생각과 행동의 거리가 잘 좁혀지지 않아서 걱정이지만.

영화 「역린」을 봤다. 정조의 암살 음모와 관련해 살려야 하는 자, 죽여야 하는 자들의 엇갈린 운명이 나온다. 명대사가 있다. 상책(배우 정재영)은 왕의 서책을 관리하는 내관으로 학식이 뛰어나다. 정조(배우 현빈)는 신하들에게 『중용』 23장을 외울 수 있는지 시험한다. 상책은 거침없이 읊는다.

성실하면 드러나고, 드러나면 뚜렷해지고, 뚜렷해지면 밝아지고 밝아지면 움직이고, 움직이면 변하고, 변하면 교화된다. 오직 천하의 지극한 성실함이라야 교화할 수 있다. 『중용』 제23장, p.186

무엇을 하든 성실하게 살려고 노력했다. 그 노력이 마음처럼 수월하게 현실을 변화시키지는 못할지라도 쉽게 포기하지 않는다. 『중용』 23장 구절을 떠올리며 매 순간 정성을 다하고 싶다.

다른 사람은 한 번에 할 수 있지만, 자신은 백 번이라도 하고, 다른 사람은 열 번에 할 수 있지만, 자신은 천 번이라도 한다. **『중용』 제20장, p.179**

『중용』에서 성실은 사물의 처음과 끝을 관통하는 비결이라고 나온다. 성실함이란 하늘과 사람의 도가 간격 없이 합치된 상태에 도달하는 경지다.

성실함은 스스로 이루어지게 하고, 도는 스스로 이끌어간다. 성실함은 사물의 처음이자 끝이니, 성실하지 않으면 어떠한 사물도 없게 된다. 그러므로 군자는 성실함을 가장 귀하게 여긴다. 성실함은 스스로 자신을 완성할 뿐만 아니라 만물을 완성한다. 자신을 완성하는 것은 인자함이고, 만물을 완성하는 것은 지혜로움이다. 이는 자신의 본성에 본래부터 가지고 있던 덕이며, 내외를 합하는 도이다. 그러므로 어느 때에 행하든 상황에 맞게 된다. **『중용』 제25장, p.190**

"

어느덧 이제 내가 그 자리에 와 있다.
무례한 후배가 되지 않으면서
따뜻한 카리스마로 도움을 주는
선배가 되고 싶다.

"

프리드리히 니체, 『차라투스트라는 이렇게 말했다』
장희창 옮김
민음사

어둠을 깨뜨리고

공무원은 규정 혹은 법령이 허용하는 범위 안에서 일해야 한다. 하지만 법에서 정한 잣대로만 일을 처리하면 융통성이 없다고 평가받는다. 경력이 쌓일수록 권한의 범위가 넓어지고 책임도 커진다. 상사의 지시를 빠르게 처리하고 싶지만, 중간에 낀 세대로 후배 눈치도 봐야한다. 후배에게 일을 부탁할 때도 부당한 지시인지 촘촘히 살펴야 한다. 신세대와 구세대가 한 공간에서 서로를 배려해야 한다. 최근에는 회식 문화도 변화가 많다. 회식 메뉴와 장소는 후배들에게 선택권을 주고, 저녁보다 점심에 회식하는 방식으로 바뀌어 간다. 지글지글 고기를 굽는 것보다는 멋진 풍경이 펼쳐진 레스토랑에서 파스타를 우아하게 먹는 회식을 더 좋아한다.

『차라투스트라는 이렇게 말했다』에서 니체는 신에게 의존하는 대신 자신의 힘으로 주체적인 삶을 살라고 말한다. 그는 스스로 이 책을 인류에게 보내는 최고의 선물이라고 말했다. 차라투스트라는 서른의 나이에 고향의 호수를 떠나 산으로 들어간다. 그곳에서 10년 세월을 정신의 연마에 정진하며 고독을 즐긴다. 어느 날 심경의 변화를 일으켜 인간들에게 자신의 깨달음을 나누기 위해 산 아래로 내려온다.

나는 베풀어 주고 나누어 주려 한다. 인간들 가운데서 현명한 자들이 다시 그들의 어리석음을 기뻐하고, 가난한 자들이 다시 그들의 넉넉함을 기뻐할 때까지. 그러기 위해 나는 저 심연으로 내려가야 한다. 저녁마다 바다 저편으로 떨어져 하계下界를 비추어 주는 그대처럼, 그대 넘쳐흐르는 별이여! p.12

'신은 죽었다!'라고 선언하고 초인超人에 대해 설파한다. 사람들은 그런 차라투스트라를 비웃는다. 그는 인간이 더 이상 별을 낳지 못하는 때가 왔다며 슬퍼한다. 「세 가지 변화에 대하여」편에서 니체는 인간의 정신 발달 과정을 '낙타', '사자', '어린아이'의 세 단계로 구분한다.

나는 그대들에게 정신의 세 가지 변화에 대해 말하고자 한다. 어

떻게 정신이 낙타가 되고, 낙타는 사자가 되며, 사자가 마침내 아이가 되는가를. p.31

낙타는 무거운 짐을 짊어지고 사막을 향해 걸음을 재촉한다. 낙타의 단계는 기성의 가치와 도덕 그리고 문화라는 당위적 구속의 세계에 갇혀 산다. 낙타는 의존적인 삶의 전형으로 고행, 수난, 복종과 순응의 삶을 벗어나지 못하는 단계를 의미한다.

책임과 의무의 굴레를 벗어나기 위해서는 사자의 용기가 필요하다. 사자는 제도와 관습이라는 굴레를 벗어나 삶의 주도권을 갖고 자유를 갈망하고 원하는 바를 이루어간다. 사자의 단계는 모든 우상을 파괴하며 자유를 쟁취하려 애쓴다. 하지만 사자의 정신은 기존의 가치를 파괴할 뿐, 새로운 가치를 창조하지 못한다. 이때 필요한 게 '어린아이'의 단계다.

어린아이는 순진무구하고, 망각이며, 새로운 출발, 유희, 최초의 움직임이다. 아이는 삶을 극복의 대상으로 느끼지 않고 그저 자기 욕망에 충실하다. 아이는 주변 환경, 타인, 나아가 자기 자신마저도 있는 그대로 받아들이는 순수 그 자체다.

니체는 '인간의 세 가지의 정신적 변화를 통해 삶의 불완전성을 극복하고 초인超人의 삶을 살라'고 말한다. 어떻게 하면 우리가 어린아이의 정신으로 살아갈 수 있을까?

책을 읽고 생각하며 사유의 결과를 허접하고 볼품이 없지만 글로 써본다. 왜 책을 읽어야 하는가? 왜 글을 쓰는가? 삶의 의미는 무엇인가? 이런 질문을 만들고 해답을 찾아가는 과정 그 자체가 중요하다. 마음속 정원에 씨앗을 뿌리고 물을 주는 일이다. 나만의 정원에 제비꽃, 민들레꽃, 수선화 꽃이 피어나기를 기다린다. 마음이 평화로워진다.

삶은 스스로 기둥과 계단을 만들어 자기 자신을 드높은 곳에 세우려고 한다. 삶은 아득히 먼 곳을 지켜보며 더없는 행복의 아름다움을 동경한다. 그러므로 삶에는 높이가 필요하다. 그리고 삶에는 높이가 필요하기 때문에 여러 계단과 이 계단을 올라가는 자들의 모순이 필요하다! 삶은 오르기를 원하며 오르면서 자신을 극복하려고 한다. p.176

은퇴 후 나만의 놀이터를 만들고 그곳에서 어린아이처럼 놀 생각이다. 책이 있는 공간을 만들어 함께 책도 읽고 글도 쓰고 싶다. 책을 좋아하는 사람들과 소통하며 살고자 한다. 그때까지 주어진 현실의 고통을 감내하며 살아야 한다. 니체가 말한 아이의 정신, 즉 초인의 정신으로 살아야 한다. 아직은 삶의 철학과 지혜의 부재로 바람에 흔들리는 갈대처럼 산다. 어떤 날은 주위 환경에 따라 자유롭게 몸 색깔을 바꾸며 먹잇감을 잡는 카멜레온처럼 살기도 한다. 어떤 날은 낙타가 되고, 또 어떤 날은 사자가 되기도 한다. 며칠 휴가를 내서 쉬다 보면 아이가 된 것처럼 착각한다.

니체는 '끊임없이 자신을 고양하려는 의지가 삶을 규정한다.'라고 말했다. 매 순간 자기 극복과 신뢰를 통해 진정한 강자가 될 수 있다. 내 안의 어둠을 깨뜨리고 찬란한 아침을 맞이하는 순진무구한 아이의 정신을 꿈꾼다.

그대들이 내게 말한다. "삶은 감당키 어렵다." 하지만 무엇 때문에 그대들은 아침에는 긍지를 가졌다가 저녁에는 체념하는가? 삶은 감당키 어렵다. 그러나 내게 그처럼 연약한 태도를 보이지 말라, 우리 모두는 무거운 짐을 지고 갈 수 있는 귀여운 수나귀들이고 암나귀들이 아닌가. p.85

읽고 쓰는 일상을 꿈꾼다. 시간이 오래 걸리겠지만, 꾸준히 하다 보면 만족할 만한 결과를 얻을 수 있으리라 믿는다. 조급할 필요가 없다. 여유를 가지고 쉬엄쉬엄 천천히 걸어가 보자. 나만의 꽃길을 찾을 수 있을 것이다.

은퇴할 시기가 점점 다가온다. 사회적 제약과 무거운 짐을 훌훌 털어버릴 것이다. 윗사람과 의견 불일치로 마음 상하거나 불안할 일도 없다. 각종 평가와 감사에서 성과를 내려고 애쓸 이유도 없다. 다만 그 날이 오기까지는 지금 주어진 직장 일에 최선을 다하려고 한다.

우리 눈에 보이지 않는 바람은 이 나무를 괴롭히며 자신이 원하는 방향으로 구부리지, 이와 같이 우리 인간도 보이지 않은 손에 의해 가장 심하게 구부러지고 고통 받는 거네. p.67

쏟아지는 폭우와 휘어 삼킬듯한 태풍 같은 대자연의 위대함에 놀란다. 땅속 깊이 뿌리를 내린 나무는 고통과 어려움을 견딘다. 나만의 뿌리도 천천히 견고하게 잘 자랄 것이다. 봄이면 나뭇가지에서 싹이 올라와 꽃을 피운다. 여름에 열매를 맺고, 그늘을 만들어준다. 가을에는 울긋불긋한 단풍의 아름다움에 감탄한다. 겨울에 자신을 되돌아보며 새로운 해를 준비한다. 이렇게 자연을 닮아 성숙하고 지혜로운 일상을 즐길 것이다.

그대가 마주칠 수 있는 최악의 적은 언제나 그대 자신이다. 그대 자신이 그대를 기다리며 동굴과 숲에서 잠복하고 있는 것이다. p.110

무서운 것은 내면의 적이다. 스스로를 좌절시키는 무수한 말들, "너는 할 수 없어." "네가 어떻게 그것을 한다고?" "그냥 지금처럼 살아!" "나이도 있는데 현실을 즐기면서 살면 되잖아?" "글을 쓴다고?" "너는 글 쓰는 능력이 없어." "노력도 한계가 있어."

내 발목을 잡는 내면의 목소리는 컴컴한 동굴 안에 나를 머물게 한다. 어떻게 살아야 할지 걱정과 불안, 두려움이 시시각각 쏟아진다. 무엇을 새로 시작하려고 해도 '이 나이에 무엇을 한다고?' 하며 나를 추궁한다. 어느 날은 꿈을 상상하며 즐거워하고, 또 어떤 날은 꿈도 열정도 사그라지고 무기력하다. 동굴 밖의 세상이 무섭고 두렵다. 그럼에도 불구하고 원하는 길을 한번 가보고 싶다. 내 안의 적을 물리치고 그곳을 벗어나야 한다. 책을 읽고 글을 쓰면서 두려움을 서서히 무너뜨리고자 한다. 납작 엎드려 자신감을 갉아먹는 부정적 말을 내쫓아야 한다.

그대는 그대 자신을 넘어서서 자신을 세워야 한다. 그러기 위해서는 그대는 우선 그대 자신, 그대의 몸과 영혼을 반듯하게 세워야 한다. p.121

시간이 훌쩍 흘렀다. 열심히 산 것 같은데 별로 내세울만한 성과가 없다. 가족에게 잘한 게 없다. 부모와 형제에게도 무심하고 소홀했다.

'나의 인생은 왜 이렇게 허무한가?'

'나는 왜 이렇게 초라한가?'

나이를 먹으면서 공허함이 밀려온다. 니체를 통해 지나온 시간을 돌아보고 미래의 삶을 그려보아야 할 시점이다. 책장에서 니체의 책을 다시 꺼내본다.

춤추는 별을 낳으려면 인간은 자신 속에서 혼돈을 간직하고 있어야 한다. **프리드리히 니체**

“

조급할 필요가 없다.
여유를 가지고 쉬엄쉬엄 천천히 걸어가 보자.
나만의 꽃길을 찾을 수 있을 것이다.

”

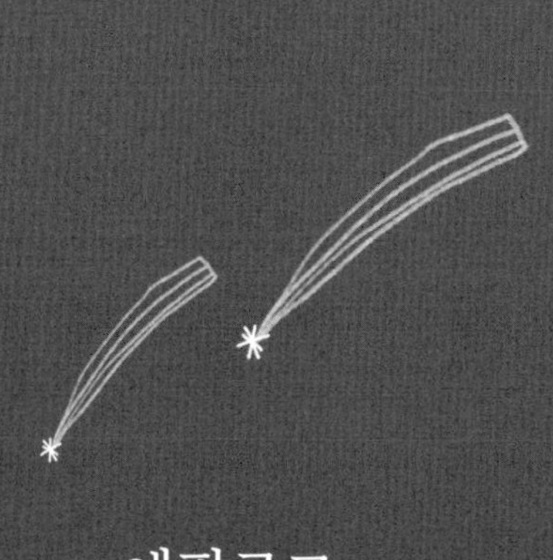

에필로그

꿈꾸는 대로, 말하는 대로

2018년 초겨울 즈음 글쓰기 수업에 등록했다. 강사는 '소설이든 자기 계발서든 쓰고 싶은 분야를 정하라. 관심 분야의 책을 열 권 이상 읽어라.'라고 주문했다. 어쩌다 보니 글을 썼다. 어느 출판사와 계약을 맺고 출간을 기다렸다. 예쁘게 디자인한 겉표지와 편집한 PDF 파일을 받았다. 곧 첫 책이 나온다는 희망에 부풀었다. 며칠 후 출판사에서 전화가 왔다. 요즘 출판 경기가 안 좋으니 책 300권을 직접 구매해달라고 했다. 한 순간 허탈해졌다. 그렇게까지 책을 내고 싶지 않았다. 결국 책 출간을 포기했다. 최근에 그 원고를 다시 읽었다. 낯이 뜨거웠다. 이런 글로 책을 내려고 했다니!

2020년 한여름이었다. 다른 출판사와 출간을 계약했다. 에세이를 쓸지, 자기계발서를 쓸지 고민했다. 따스한 에세이스트가 되고 싶었다. 시간이 걸려도 초고, 목차와 서문, 제목까지 온전한 내 노력으로 실력을 쌓고 싶었다. 그러나 글은 생각대로 쓱쓱 써지지 않았다. 몇 달 동안 써두었던 초고 40편을 보냈다. 출판사에서 책을 선뜻 내줄 만큼 독자에게 가치를 전달하는 글이 아니었다. 내 실력의 현주소를 알면서도 포기하지 않았다.

2022년 가을 즈음 다시 썼던 원고 45편을 보냈다. 몇 차례 미팅하는 과정에서도 진척이 없었다. 출간이 늦어져도 초조하거나 불안하지 않았다. 책을 내겠다는 간절함도 한풀 꺾였다. 나오면 좋고, 안 나와도 괜찮다는 심경이었다. 오히려 글쓰기 훈련이 길어져 좋다는 마음을 먹었다.

2023년 늦가을쯤이었다. 출판사 대표님을 만나 그간의 상황과 심리적 변화를 말했다. 그간 고전을 읽고 글로 써 둔 것을 정리해 고전을 처음 접하는 독자들을 위한 책을 엮어보자고 제안을 해주었다. 오래전에 쓴 글을 다시 읽었다. 이런 글을 책으로 내려면 얼마나 큰 용기가 필요할까, 한숨이 나왔다. 쓰겠다고 했으니 써야만 했다. 더 이상 미룰 수 없었다.

지난 5년 동안 고전을 읽고 써 두었던 글들을 한 폴더에 모았다. 읽으면서 난감했다. 그동안 쓴 글을 수정해서 초고로 만들 단계가 아니었다. 다시 써야 했다. 책을 읽은 지 오래되어 기억이 가물가물했다. 몇몇 글은 그 시절의 복잡했던 감정이 이미 사라져 감흥이 없었다. 써두었던 글을 휴지통에 던졌다. 읽었던 책을 펼쳐 내용과 줄거리를 소환했다. 자료가 필요하면 부분적으로 세밀하게 읽었다. 경험의 무게, 삶의 의미와 목적, 사유의 지평에 따라 내 의식의 흐름도 많은 변화가 있었음을 알았다.

글을 쓰려고 고전을 다시 읽으며 얻는 게 많았다. 다섯 권짜리 『레 미제라블』과 『모비 딕』 같은 벽돌책을 다 읽고 나면 일단 뿌듯하다. 어떤 책도 읽을 수 있다는 자신감이 생긴다. 몰입의 즐거움을 얻는다. 분주한 일상에서 벗어나 나만의 안식처 같은 편안함을 느낀다. 사람은 자신이 좋아하는 일을 할 때 좋은 에너지가 올라온다. 작가의 섬세한 감정 표현을 읽으며 내 감정을 마주할 수 있다. 수많은 인물을 통해 입체적이고 다면적 관점을 키운다. 자신을 되돌아보며 어떻게 살아야 할지, 어떤 삶을 원하는지 나를 헤아려 본다. 요란한 외부 환경과 가고자 하는 내면의 나와 맞닥뜨린다.

문학작품은 책을 읽는 시점과 나이에 따라 새롭게 보이는 문장이 즐비하다. 건강, 노년, 행복을 바라보는 태도는 젊은 시절 생각하지 못했다. 처음 읽었을 때와 최근에 다시 읽었을 때의 느낌과 해석, 이해의 폭에서 현저한 차이를 느낀다. 이래서 고전은 여러 번 읽어야 하는구나!

이제 독서의 목표가 뚜렷해졌다. 쓰기 위해 읽는다. 목표가 달라지니 읽기의 자세부터 다르다. 인상적 구절이나 생각이 멈추는 문장에 촘촘히 표시한다. 글을 쓰면서 작가의 생애와 이력, 배경지식을 따라 지식의 영토를 넓혀간다. 같은 시대를 살았던 세계 각국의 작가와 연결하면 더욱 흥미롭다. 책과 교감하며 나만의 사유 방식으로 소소한 글을 쓰고 싶다. 읽기와 쓰기는 하나의 연속적인 행위다. 쓰는 사람은 분명히 한 단계 더 성숙해진다.

이제 내가 가야 할 길은 분명하다. 인생 전반전에는 타인의 시선에서 벗어나지 못했다. 누군가 만든 직장에서 일하는 수동적 삶을 살았다. 인생 후반전에는 능동적으로 읽고 쓰는 삶을 살고 싶다. 그 간절한 희망으로 이 책이 세상에 나왔다. 이제 첫걸음이다. 무엇이든 시작이 어렵다. 이제 다음 단계를 향해 나아가는 길은 조금 더 나을 수 있다. 책에서 소개한 몇몇 고전들이 독자 여러분의 삶을 채우고, 녹여내는 시간으로 가득하기를 바란다. 시인 나짐 히크메트의 시詩 「진정한 여행」의 한 구절을 인용하며 이 책을 마친다.

가장 아름다운 노래는 아직 불러지지 않았다. 최고의 날들은 아직 살지 않은 날들, 가장 넓은 바다는 아직 항해 되지 않았고, 가장 먼 여행은 아직 끝나지 않았다.

아무튼 지치지 않도록

초판발행 · 2024년 6월 20일

지은이 · 이서윤
펴낸이 · 한주은
편집 · 여수민 이슬아 임단비 하소현
표지 · 임단비
발행처 · 도서출판 글북
등록 · 504-2019-0000002호 (2019. 2 8.)
경북 포항시 북구 양덕로 16, 기쁨빌딩 3층
054-255-0911 054-613-5604(fax)
ask.gracehan@gmail.com

ISBN 979-11-92577-03-6 03800